D1047503

¡¡¡CUARTEL GENERAL BURGERDOG!!!
¡¡¡AQUÍ OCURRIERON COSAS MUY EXTRAÑAS!!!
BD
¿QUÉ ES ESA COSA?
¡¡¡SON MÁS LISTAS DE LO QUE PARECE!!!
NUESTRA QUERIDA CARAVANA
¿QUÉ ES ESTO? ¿PALOMITAS DE MAÍZ?
PHOENIX
"HOGAR DULCE HOGAR"

MALL OF AMERICA
¡TRAYECTORIA DEL TORNADO!
MEMPHIS
¡NUNCA HE VISTO TANTOS IMITADORES ZOMBIS DE ELVIS!
PLÁTANO
MANTEQUILLA DE CACAHUETE
CADERAS

EL JUICIO FINAL

EL JUICIO FINAL

ILUSTRACIONES DE STEVE WOLFHARD

Traducción de Máximo González Lavarello

B DE BLOK

Barcelona • Madrid • Bogotá • Buenos Aires • Caracas • México D.F. • Miami • Montevideo • Santiago de Chile

Título original: *The Zombie Chasers. Sludgment Day*
Traducción: Máximo González Lavarello
1.ª edición: septiembre 2014

para el sello B de Blok
Consell de Cent 425-427 - 08009 Barcelona (España)
www.edicionesb.com

Publicado por acuerdo con Rights People, Londres

Printed in Spain
ISBN: 978-84-15579-62-5
DL B 14532-2014

Impreso por QP PRINT

Para mi sobrina,
Brayton Isabelle
J. K.

Para Leslie
S. W.

SIN
SALIDA

CAPÍTULO

El helicóptero del servicio secreto avanzaba veloz entre las nubes mientras, allá abajo, un mar de muertos vivientes asolaba el territorio.

Zack Clarke contemplaba la luna llena, que aparecía y desaparecía por el parabrisas cóncavo del aparato cual moneda en un truco de magia. Era tarde; o tal vez no. Desde que el viernes por la noche había estallado la epidemia de zombis, Zack había perdido la noción del tiempo. Ya era domingo; estaba agotado y rezaba, con escasa convicción, para que aquella pesadilla terminara de una vez y pudiese volver a su casa en Arizona. Sin embargo, sabía que eso no iba a suceder.

Zack iba junto a Ozzie Briggs en la cabina del helicóptero que se habían procurado tras escapar de la zombificada Casa Blanca con el antídoto. Los demás descansaban en la parte trasera: la hermana de Zack, Zoe; su mejor amiga, Madison Miller; su mejor amigo, Rice; y la doctora Scott, la científica zombi que habían sedado con una bebida energética. El cachorrillo de Madison, *Chispitas*, roncaba plácidamente sobre el regazo de su dueña.

—¿Dónde estamos? —preguntó Zoe trasluciendo cierta preocupación.

Ozzie señaló un punto rojo que titilaba en el radar, sobre el mapa de Norteamérica verde neón que aparecía en la pantalla.

—Cerca de Memphis, Tennessee —contestó. Una luz naranja se encendió en el tablero de mandos y Ozzie dirigió la vista hacia el indicador del depósito de combustible. Movió unas palancas y apretó un par de botones y el helicóptero empezó a descender—. Tenemos que repostar —anunció mientras sobrevolaban los árboles.

Bajo las ramas, una multitud de maníacos comedores de carne recorría las calles aullando a la tenebrosa luz de la luna. Zack se volvió sobre el asiento y echó un vistazo detrás. Rice dormía con la cabeza inclinada hacia atrás y la boca abierta.

—Rice, ¡despierta! Estamos a punto de aterrizar.

El chico se incorporó con un sobresalto, aún medio dormido y un hilillo de saliva cayéndole por la papada.

—¡Soldado de primera Johnston Rice a sus órdenes, señor! —soltó, llevándose la mano derecha a la frente, el clásico saludo militar, y al bajar el brazo golpeó sin querer la pierna de Zoe.

—¡Ay! —exclamó la chica, y lo atizó en la oreja—. ¡Ten cuidado, cabeza de chorlito!

—¡Jolines, Zoe!

—¡Silencio! —gruñó Madison desde su silla de ruedas, todavía debilitada por las pruebas y análisis de sangre que le habían hecho en el laboratorio secreto de la Casa Blanca, y eso por no mencionar la fea mordedura que Greg Bansal-Jones le había propinado en la pierna en Tucson—. Algunos estamos tratando de recuperarnos —masculló, volviendo a cerrar los ojos.

Zack miró por la ventanilla mientras pasaban por encima de una tienda de coches de segunda mano y varios establecimientos de comida rápida, en dirección a una gasolinera Shell, cuyo rótulo luminoso tenía la S apagada.

Ozzie hizo posar el helicóptero sobre el tejado que cubría los surtidores.

—¿Por qué aterrizamos aquí? —preguntó Zack.

—Será mejor que permanezcamos por encima del suelo —contestó Ozzie, recogiendo sus muletas para salir de la cabina apoyándose en su pierna sana—. Vamos, démonos prisa.

Zack saltó sobre la gravilla que cubría el techo y contempló el paisaje. Era noche cerrada, pero la oscuridad latía con los quejidos y aullidos de los nomuertos.

Rice y Zoe fueron los siguientes en apearse, y lanzaron la escala por un lado del techo. Ozzie fue el primero en descender.

—Las damas primero —dijo Zoe con un gesto hacia Rice, que hizo una mueca y le sacó la lengua antes de ir tras Ozzie.

Zack siguió a su hermana, poniéndose de espaldas y bajando un pie con nerviosismo hasta tocar uno de los estribos. «Vuelta a la carga», pensó, balanceándose a cinco metros del suelo.

En cuanto puso los pies en tierra, soltó un leve gruñido y miró alrededor. No había zombis a la vista, aunque estaba oscuro y el aire apestaba a muerte. Poco a poco, mientras respiraba aquel olor nauseabundo, empezó a distinguir las sombras.

Enseguida comprobó que los engendros repugnantes avanzaban tambaleándose hacia ellos, adentrándose en el mortecino brillo de las farolas que rodeaban la estación de servicio.

—Veo muertos —bromeó Rice.

—Escuchad —vociferó Ozzie, entregándole algo

a Zack—. Usad estas bengalas para darnos algo de tiempo mientras... Un momento; Zoe, dame las tarjetas de crédito de tu madre. Y traed eso aquí —añadió, señalando con la muleta unos bidones de gasolina vacíos apilados frente a la tienda de la gasolinera.

—Como guste, amo —dijo Zoe con retintín, lanzándole el bolso que llevaba para ir por los bidones rojos.

Los zombis ya extendían sus brazos desgarrados, abrían sus labios marchitos, supuraban líquidos viscosos y escupían mocos. Una visión realmente asquerosa.

—¿Listos? —preguntó Zack, propinándole a Rice un ligero puñetazo en el brazo.

—Hora de despejar un poco el gentío —respondió Rice, encendiendo las bengalas y entregándole una a Zack para empezar a moverse en direcciones opuestas.

A unos metros, un anciano zombi avanzaba tambaleándose en dirección a Zack.

—¡Estoy aquí, abuelo! —gritó Zack, desafiando al putrefacto vejete, que contestó con un gruñido, dejando a la vista su descompuesta mandíbula.

Una de las repulsivas pústulas que cubrían el rostro del monstruo estalló como una burbuja de lava en su pómulo. Zack le agitó la bengala en la cara y lo atrajo hacia sí, llamando también la atención del creciente ejército de muertos vivientes y alejándolo de Ozzie y Zoe, que se afanaban en rellenar los bidones con combustible.

En el otro extremo de la gasolinera, seguían saliendo zombis de los arcenes de la carretera y avanzando hacia el resplandor rojo de la bengala.

—¡Daos prisa, chicos! —gritó Rice—. ¡No podré contenerlos mucho más!

—¡Vamos tan rápido como podemos! —replicó Zoe.

—¡Ya casi estamos! —exclamó Ozzie.

Aquellos seres hambrientos de cerebros se acercaban cada vez más, y ya empezaban a rodearlos. Zack sentía la terrorífica mirada de cien zombis encima de él.

—¡Por lo que más queráis! —gritó.

—¡Aaah! —chilló Rice.

Zack volvió el rostro y vio

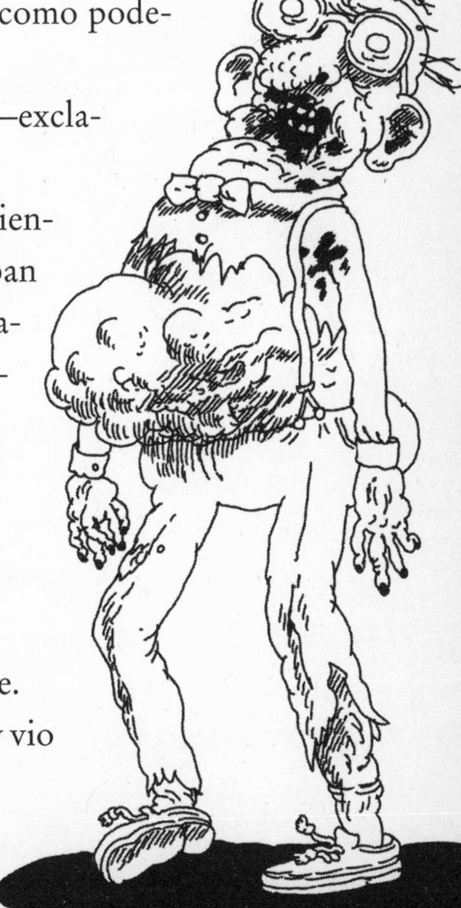

que su amigo ya no podía contener a la horda de no-muertos.

—¡Rice! —gritó al ver que un motorista zombi de chaleco negro de cuero asía a aquel por una pierna y lo hacía caer sobre el asfalto. Zack ahogó un alarido al ver como la turba de engendros se abalanzaba sobre su mejor amigo.

—¡Cuidado, Zack! —gritó Zoe—. ¡Detrás de ti!

Zack se dio la vuelta y vio que uno de aquellos seres inmundos, un hombretón, se abalanzaba sobre él agitando sus enormes brazos. Se agachó y lanzó una patada a los tobillos del zombi, barriéndolo y haciéndolo caer al suelo con un sonido purulento.

Rápidamente, miró alrededor en busca de Rice, pero lo único que vio fue más zombis llegando de todas partes: un carnicero barrigón con el delantal manchado de sangre, un ama de casa con las piernas torcidas y el rostro medio derretido, un obrero con los ojos desorbitados...

Pero ni rastro de Rice.

—¡Rice! —volvió a gritar Zack, temiéndose lo peor. Se alejó de la horda que avanzaba hacia él y un escalofrío recorrió su columna—. ¡Rice! —repitió.

—¡Zack! —exclamó Ozzie—. ¡No te despistes!

Con el rabillo del ojo, Zack vio a su amigo saliendo a gatas con las gafas torcidas de la enorme pila de no-muertos. En cuanto consiguió ponerse en pie, Rice encendió otra bengala.

—¡En guardia! —dijo, adoptando una postura de esgrima y avanzando cual espadachín medieval.

Zack suspiró aliviado y siguió intentando mantener a raya a los zombis cuando, de repente, oyó un alarido por encima de él. ¡Madison! *Chispitas* estaba ladrando como un poseso en el techo y, al levantar la vista, Zack vio a la zombificada doctora Scott revolviéndose en el interior del helicóptero. Sin perder un segundo, se alejó corriendo de los engendros en dirección a la escalera.

—¡Aaah! —chilló Madison.

Zack trepó a toda velocidad, rogando que no fuera demasiado tarde.

CAPÍTULO 2

En cuanto llegó al techo, Zack se abalanzó sobre el helicóptero y, al entrar en la cabina, vio a Madison en su silla de ruedas, acorralada por la feroz doctora zombi, que se cernía sobre ella, dispuesta a atacarla. *Chispitas* ladraba y tiraba de la pernera de la muerta viviente, sacudiendo su diminuta cabeza con violencia.

—¡Aaargh! —profirió la doctora, posando sus manos de zombi sobre los hombros de Madison como un luchador de sumo al inicio de una pelea.

—¡Aaay! —chilló la chica, levantando la pierna vendada para tratar de contener a la doctora con el pie—. ¡Aléjese de mí, señora! —exclamó, empujando a la zombi hasta devolverla a la posición vertical.

La doctora gruñó y empezó a batir los brazos en el aire, buscando la cara de Madison.

—¡Eh, tú! —exclamó Zack—. ¿Por qué no lo intentas con alguien de tu tamaño?

Y saltó sobre la espalda de la muerta viviente, aferrándose a su cuello mientras la doctora resoplaba y corcoveaba como una yegua salvaje.

—¡Toma! —gritó entonces Madison, propinándole a la zombi una patada en la barriga.

La doctora Scott se dobló por la cintura y a punto estuvo de hacer caer a Zack, que resistió mientras ella se desplomaba contra un rincón de la cabina. Con el impulso, Zack se golpeó el codo contra un saliente de la cabina y se encogió de dolor.

¡BAM!

La doctora volvió a erguirse y con la espalda lo apretó contra el panel de control. Zack trató de zafarse, pero ella pesaba demasiado.

—¡Graargh! —graznó la científica, apretando involuntariamente interruptores y botones.

De repente, el motor del helicóptero profirió un rugido, poniéndose en marcha, y las aspas comenzaron a girar.

—¡Vamos, Zack! —exclamó Madison por encima del ruido.

—¡Antes debo ocuparme de esto! ¡Sal de aquí, rápido!

Zack soltó a la doctora, que se volvió y agitó los brazos descontroladamente, accionando la palanca de aceleración.

Madison abandonó la silla de ruedas, cogió a *Chispitas* y cayó en el techo de la gasolinera justo cuando el helicóptero empezaba a elevarse.

—¡Zack! —gritó viendo como el aparato perdía el control.

Dentro, Zack atizó a la doctora en los morros y consiguió liberarse. No obstante, el violento meneo del helicóptero lo lanzó de cabeza hacia la puerta lateral, que estaba abierta. Zack logró sujetarse del marco, con el cuerpo fuera y una distancia sin duda mortal entre él y el suelo. Entonces, reparó en Madison, que estaba en el techo, sujetando a *Chispitas*.

—¡Zack!

El grito de la muchacha sonó como un susurro en comparación con el estruendo del helicóptero, que se alejaba hacia el horizonte.

—¡Argh! —gruñó la enloquecida zombi, avanzando a trompicones por la cabina.

Zack volvió a mirar hacia abajo y vio que el aparato pasaba por encima de un enorme contenedor lleno de bolsas de basura negras.

Uno... dos... La doctora Scott estaba cada vez más cerca.

—¡Tres! —dijo Zack, tapándose la nariz y lanzándose al vacío.

¡PLOF!

Aterrizó sano y salvo sobre la montaña de desperdicios. Permaneció inmóvil un instante, agradeciendo la suerte de seguir vivo, aunque fuese en me-

dio de un montón de basura apestosa. Hasta que algo húmedo se coló a través de sus vaqueros.

—Oh, no —gimió incorporándose. Se palpó el pantalón, mojado, y se llevó los dedos a la nariz, oliéndolos y conteniendo una arcada. ¡Qué asco!

Cogió unas servilletas del BurguerDog y se puso a limpiarse la pernera, cuando algo se agitó debajo de él.

—¡Grrr!

Un mapache zombi apareció de golpe entre sus piernas, gruñendo y bufando. Zack retrocedió, y la bestia emergió de la basura y trató de morderlo. Zack se cogió al borde del contenedor, se puso en pie y saltó al suelo.

¡BUUM!

Un formidable resplandor iluminó la noche y una espesa columna de humo se elevó hacia el cielo. Zack miró y vio el helicóptero convertido en una bola de fuego al estrellarse contra la mediana de la autopista. La doctora Scott había conseguido agarrarse a las ramas de un árbol cercano.

Rice y Zoe corrieron hasta su amigo, mientras Ozzie llegaba brincando con sus muletas. La horda de zombis los perseguía.

—¿Estás bien, colega? —preguntó Rice, estre-

chando a Zack y dándole un fuerte abrazo—. Casi me matas del susto, tío.

—Ya pensábamos que te habíamos perdido, hermano —dijo Ozzie, cogiéndolo del hombro.

—Te gusta hacerte el héroe, ¿eh? —apuntó Zoe con afectada frialdad—. ¿Quieres decirme cómo vamos a salir ahora de aquí? —preguntó, haciendo un gesto hacia los restos del helicóptero.

—¡He estado a punto de morir, Zoe! —adujo él, mirando a su hermana sin dar crédito a sus palabras—. Deberías ahorrarte tu sarcasmo.

—Pues no me da la gana. Cuando te miro, me dan ganas de vomitar —replicó ella, haciendo un sonido gutural y apartando a su hermano de su camino. Él le devolvió el empujón sin vacilar.

Zoe se quedó de una pieza y, acto seguido, rio con sorna.

—Eso no acaba de pasar —dijo, dándose la vuelta y volviendo a empujar a Zack el doble de fuerte.

—¡Vuelve a hacerlo si te atreves! —le gritó él en la cara.

Ella soltó una carcajada histérica.

Mientras tanto, la tropa de muertos vivientes avanzaba hacia ellos gruñendo y gorgoteando, hambrientos de carne humana.

—¡Vamos, chicos! —exclamó Rice, señalando a los zombis.

Zack ignoró la mirada asesina de Zoe y todos salieron corriendo por el callejón que discurría por el lateral de la estación de servicio. Cuando llegaron a la esquina trasera, Madison los llamó desde el techo.

—¡Eh! ¡Esperadme!

—¡Madison! —gritó Zack, levantando la vista y reparando en la escalera negra de hierro que había en la pared trasera.

Ella se asomó por el borde y dijo:

—¡Coged a *Chispitas*! —Y dejó caer al cachorro y se dispuso a bajar del techo.

—¡Guau! ¡Guau! —ladró el chucho, cayendo en los brazos de Zack. El perrito se lo agradeció lamiéndole la mejilla.

—Oh, oh. —Zack echó la vista atrás y vio que la oleada de zombis llegaba al callejón.

—¡Date prisa, Madison! —la apremió Rice.

—¡Va tan rápido como puede, zoquete! —lo reprendió Zoe.

Al frente del ejército de no-muertos, una fornida zombi abrió la mandíbula, desencajándola, lista para zamparse lo primero que encontrara y avanzando hacia ellos con los brazos abiertos. Vestía unos pantalones de pijama y una camiseta con la leyenda ABRÁZAME.

—¡Vamos! —urgió Rice—. Ahora mismo no estoy de humor para recibir abrazos.

Madison saltó desde el último escalón y trató de mantener el equilibrio, pero súbitamente el cuerpo le falló.

—¡Oh! —soltó Zack, y junto a Zoe se precipitó

hacia su amiga, sujetándola antes de que se desplomara contra el suelo. Madison acababa de desmayarse.

—¡GROAAARRGHH! —rugieron los zombis, a punto de darles alcance.

—¡Por aquí, chicos! —indicó Ozzie, señalando el área de servicio que había al otro lado de la autopista de cuatro carriles.

—Estaba pensando, tíos —dijo Rice, jadeando y resollando mientras pasaban corriendo junto al amasijo de metal humeante en que había quedado convertido el helicóptero—, que no creo que vayamos a conseguir otro medio de transporte tan fácilmente.

—Rice... —respondió Zoe, resoplando mientras Zack y ella cargaban con su mejor amiga—. ¿Por qué no ahorras saliva?

CAPÍTULO 3

Atravesaron presurosos el aparcamiento del área de descanso y entraron en el edificio. Zack y Zoe llevaron a Madison hasta el restaurante, al fondo del cual había tres locales de comida rápida, pegados uno al otro: un Jim's Steakout, un Mighty Taco y un BurguerDog. Madison iba arrastrando los pies por el suelo repleto de basura y restos de comida. Por todas partes había desperdigados vasos de refresco derramados y mezclados con charcos de fluido de zombis, trozos de hamburguesas aplastadas y alitas de pollo pisoteadas, añicos de vidrio y envoltorios de comida.

—¿Hola? —llamó Rice—. ¿Hay alguien en casa?

No hubo respuesta.

Zack y Zoe tendieron a Madison encima del mostrador del BurguerDog totalmente inconsciente. Ozzie tomó su muñeca, inerte, y le buscó el pulso.

—¿Crees que se recuperará? —preguntó Zoe, visiblemente preocupada por su amiga.

—Todavía respira —señaló Zack.

—¡Mirad! —Rice salía radiante de una tienda con dos botellas de la bebida favorita de Madison, Vital Vegan PowerPunch con sabor a fresa y kiwi—. ¡No puedo creer que tengan esto!

Se detuvo junto a Madison, abrió una botella, vertió unas gotas del líquido rosado en su boca y aguardó.

Al cabo de unos segundos, la muchacha batió las pestañas y, de golpe, abrió los ojos de par en par. Se relamió los labios y frunció el ceño.

—¡Trae eso para aquí! —pidió, arrebatándole la botella de bebida energética a Rice y acabándosela de un trago—. ¡Aaah! ¡Qué delicia!

Todos suspiraron aliviados.

—Te pondrás bien, cariño —le dijo Zoe, acariciándole la cabeza—. Ahora solo tienes que repo-

ner energías. ¿Cómo era eso que decía la doctora Scott?

—Regeneración biomolecular —contestó Rice—. Madison todavía no puede convertirse en zombi, pero de momento tampoco puede reconvertir a nadie, aunque no sabemos por cuánto tiempo.

—Pero si sigue bebiendo la bebida energética —dijo Zack—, ¿no acelerará el proceso?

—Ni idea, pero lo primero es lo primero: ¡tengo un hambre de lobo! —declaró Rice, que se puso las manos en la cintura y escrutó un aparador de patatas fritas que había junto a la tienda de bocadillos. Frunció el ceño—. ¿Qué clase de sitio de pacotilla es este que no tiene patatas con sabor a miel y barbacoa?

—*Queridou* —dijo Zoe fingiendo acento francés—, sé bueno y pásame uno de esos delicatessen.

—¡Marchando un delicatessen para la señorita! —Rice le lanzó una bolsa de Smartfoods,* unas palomitas de maíz con sabor a queso de noventa y nueve centavos de dólar.

Zoe la abrió y se metió un puñado en la boca, masticando lentamente y mirando a su hermano.

—¿Quieres? —le ofreció acercándole la bolsa—. Mejor no —se arrepintió—. Esto es solo para gente inteligente. O sea, no para ti.

Zack le lanzó una mirada asesina.

—¿Ah, sí? Entonces, ¿cómo es que las comes tú?

—Chicos, ¿por qué no os tranqui-

* Marca norteamericana de aperitivos que, traducida literalmente, quiere decir «Comida inteligente».

lizáis y os coméis un pastelito de crema? —propuso Rice, pasándoles un paquete.

Zack abrió el envoltorio de uno y se lo zampó, cuando de repente sonó el teléfono. Zoe saltó el mostrador y cogió la llamada.

—¿Sí? —dijo, sujetando el auricular entre la oreja y el hombro—. Me has llamado tú, colega... ¿Con quién hablo?... ¿Cómo conoces a mi hermano?... Sí, claro, y yo soy el Ratoncito Pérez. —Y colgó.

—¿Quién diablos era? —preguntó Zack enarcando una ceja.

—Un idiota que decía ser el presidente.

—A lo mejor era el presidente de verdad, Zoe.

—Bueno, sabía tu nombre —admitió ella, rascándose la cara.

—¡Zoe! —la reprendió Ozzie, incrédulo—. ¡Acabas de colgarle el teléfono al comandante en jefe!

—No pasa nada. Ya llamará otra vez. —El teléfono volvió a sonar—. ¿Lo ves?

Esta vez contestó Zack y encendió el altavoz.

—¿Zachary? Te habla el presidente —dijo la voz al otro lado de la línea.

—¿En serio? —balbuceó Zack, tragando saliva.

—No tan rápido, «señor presidente» —lo interrumpió Rice, marcando comillas en el aire—. ¿Cómo ha sabido dónde encontrarnos?

—Implantamos un rastreador en la pulsera hospitalaria de la señorita Miller.

Madison advirtió, atónita, que un piloto rojo titilaba en la banda de plástico que llevaba en la muñeca.

—Pues sí, es el *presi* —reconoció Rice.

—¿En qué podemos ayudarlo, señor presidente? —preguntó Ozzie.

—Mis fuentes me han informado de que estáis en posesión del antídoto. —Zack se palpó el bolsillo de la camisa, donde guardaba el tubo de ensayo, cuyo contenido era rojo como la sangre—. Además de uno de nuestros helicópteros oficiales.

—Eeeh... —balbuceó Zack, enarcando las cejas.

—Necesitamos que regreséis a Washington.

—Con el debido respeto, señor presidente —respondió Zack—, estamos volviendo a Phoenix para reconvertir a mis padres.

—No os lo estaba sugiriendo —aclaró el primer mandatario—. ¡Se trata de una orden!

—Mucho me temo que no será posible, señor —alegó Ozzie.

—¿Por qué no?

—Bueno —contestó Zack—, digamos que el helicóptero está fuera de servicio.

—¿Qué ha sucedido?

—Que Zack lo ha estrellado, señor presidente —terció Zoe.

Zack miró a su hermana con incredulidad.

—¿Qué pasa? —se defendió ella encogiéndose de hombros, para, acto seguido, murmurar inocentemente—: Es la verdad.

Hubo un largo silencio antes de que el presidente volviera a hablar.

—En ese caso, ahora constituyes nuestra mayor esperanza de contrarrestar el estallido.

—Eeeh... ¿Cómo espera usted que hagamos eso? —inquirió Madison.

—Prestad atención. Vais a tener que preparar más antídoto. Hay un laboratorio secreto listo para... —De pronto la voz del presidente se cortó y fue reemplazada por el tono de la línea.

—¿Señor? —dijo Ozzie, sacudiendo el auricular—. ¡Comandante!

—Esto es serio, chicos —señaló Zack, mirando a sus compañeros.

—Muy serio —corroboró Madison, jugueteando con su pelo.

—Necesitamos un plan —expuso Zack, rascándose la barbilla.

—¿Qué sugieres? —espetó Zoe—. Estamos sin medio de transporte en medio de ninguna parte. No tenemos idea de dónde está ese laboratorio supersecreto. Solo contamos con el puñetero antídoto. ¡Y ni siquiera sabemos qué hacer con él!

—Baja la voz, Zoe —le indicó Ozzie—. Van a oírte.

—¿Quién? —preguntó ella, mirando alrededor con desdén—. Aquí no hay nadie más que nosotros.

—Él —contestó Ozzie, levantando los ojos hacia la claraboya del techo, sobre la cual se arrastraba un zombi.

—Tiene razón, tíos —susurró Zack—. No podemos quedarnos aquí.

—Esperemos un par de minutos —sugirió Rice—. A lo mejor el presidente vuelve a llamar y nos dice adónde ir.

Zack se olisqueó la axila y se fijó en las manchas de basura que tenía en la camiseta.

—Puaj —soltó, poniendo cara de asco—. Ahora vuelvo.

—¿Cuántas veces tengo que repetirte que no hay que decir eso?

—¿El qué? —preguntó Zack, alejándose de la zona de restauración.

—Que ahora vuelves —respondió Rice, un tanto mosqueado—. Es una regla de oro cuando te enfrentas a un mundo de zombis.

—Gracias por el consejo, Rice; enseguida vuelvo —dijo Zack, que cogió una camiseta nueva de la tienda de regalos y se alejó por el pasillo. En cuanto entró en el servicio de caballeros, oyó el rumor distante de la plaga de zombis, que estaba justo fuera del área de descanso.

CAPÍTULO 1

Zack avanzó de puntillas por el lavabo, camiseta en mano. Cuando fue a abrir el grifo, una horrible cucaracha emergió del sumidero y salió de la pica. Zack agarró un viejo periódico que había al lado y aplastó al bicho. *¡PLAF!* Estaba contemplando la masa viscosa en que había quedado convertido el insecto, cuando vio la palabra «BurguerDog» en un titular de la portada del diario. Buscó la noticia en las páginas interiores y leyó:

EL PRESIDENTE DE BURGUERDOG, EN EL PUNTO DE MIRA

Días después de que un comité del Departamento de Salud Pública aprobara el uso para el consumo humano de animales modificados genéticamente, el renombrado genetista Thaddeus Duplessis ha anunciado la gran apertura de su nueva cadena de comida rápida, BurguerDog. La franquicia ofrece una hamburguesa que sabe a perrito caliente, la BurguerDog, y la WeenieBurguer, una salchicha que sabe a carne de ternera.

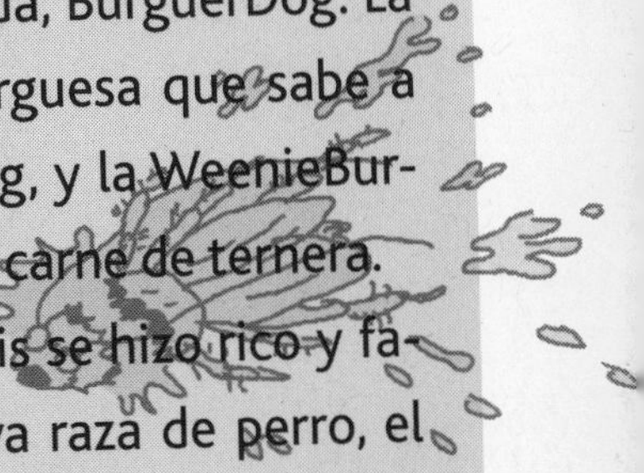

Hace cuatro años, Duplessis se hizo rico y famoso al desarrollar una nueva raza de perro, el Perma-Pup, que siempre tiene aspecto de cachorro. Desde entonces, el genetista se ha dedicado a la creación de esta nueva cadena de establecimientos de comida rápida.

BurguerDog Enterprises, con sede en Billings, Montana, procesa su carne en una planta de última generación instalada junto al rancho donde cría sus animales. Estos, sin embargo, no son ganado normal. Duplessis ha creado una nueva especie, combinando ADN de cerdo y de vaca y clonando el híbrido genético resultante. El animal, al que Duplessis denominó «cerdo bovino», proporciona la carne gracias a la que la BurguerDog debe su distintivo sabor, mezcla de cerdo y ternera.

Sin embargo, varias organizaciones defensoras de los derechos de los animales han expresado su

indignación ante la falta de análisis y pruebas que determinen que la carne de animales modificados genéticamente es apta para el consumo humano, y grupos vegetarianos han comenzado a organizar protestas ante sucursales de BurguerDog por todo el país. Por otra parte, numerosos miembros de la comunidad científica coinciden en que combinar ADN de dos especies animales distintas puede generar inesperadas mutaciones con efectos secundarios potencialmente peligrosos.

Duplessis todavía no ha hecho declaraciones al respecto.

Zack se apoyó en el mostrador y respiró hondo. Duplessis y BurguerDog; BurguerDog y Duplessis. ¿Híbridos de cerdo y ternera? ¿Quién era ese tipo? Y ¿qué pasaría con su planta procesadora de última tecnología?

¡Claro!

Se quitó su camiseta, maloliente, y se puso la nueva, que lucía la leyenda I ❤ MEMPHIS en el pecho. A continuación, abrió el grifo y se lavó la cara y los brazos. «Montana, allá vamos», pensó en el preciso instante que se abría la puerta de uno de los comercios. Cerró el grifo y contempló su reflejo en el espejo.

Horrorizado, vio que tenía un corpulento y psicótico zombi a su espalda, sorbiéndose un largo chorro de moco verde que le colgaba del labio inferior. Zack se quedó petrificado. La masa viscosa también le caía de la nariz, y su larga barba, al estilo de los ZZ Top, rezumaba un olor pestilente.

—¡Groooaaaarh! —gruñó cual Chewbacca enfurecido.

Zack se ladeó para evitar el mamporro que el muerto viviente intentó asestarle en la cabeza. El colosal puño fue a estrellarse contra el espejo, haciéndolo añicos.

Entonces, el enloquecido zombi se abalanzó sobre él batiendo los brazos y emitiendo horrendos sonidos guturales.

Zack retrocedió como un cangrejo y se metió en un retrete. Cerró la puerta, corrió el pestillo y se volvió. Bajó la vista hacia el inodoro y no pudo evitar una náusea al comprobar que hacía siglos que no tiraban de la cadena.

¡PUM PUM PUM!

El inmundo muerto viviente aporreaba la puerta.

Zack se encaramó al inodoro y se agarró a la tubería que pasaba por encima con ambas manos.

¡CRASH!

Las bisagras saltaron crujiendo. El monstruo irrumpió en el cubículo e intentó coger a Zack por las piernas, pero este las levantó a tiempo y le lanzó sendas patadas contra los hombros. El zombi perdió el equilibrio y se derrumbó sobre la taza.

Zack se dejó caer con todas sus fuerzas encima de su cabeza y... *¡PLAF!* La cara del no-muerto se hundió en el asqueroso y pestilente contenido del sanitario, haciéndolo burbujear.

Fue mucho peor que aquella vez que el matón de Greg Bansal-Jones metió a Rice en el retrete de la escuela.

Zack saltó de la espalda del zombi y salió corriendo, pero antes de llegar a la puerta volvió sobre sus pasos y cogió el diario que había dejado encima del lavamanos. No veía la hora de contarles a los demás lo que había descubierto.

CAPÍTULO

Zack volvió corriendo por el pasillo, se agenció un mapa de carreteras del mostrador de información y regresó con los demás. El gemido de los muertos vivientes se oía más alto, y el zombi que había encima de la claraboya estaba golpeando los paneles de vidrio.

—Te dije que no te separaras de nosotros —lo riñó Rice, frunciendo el ceño—. ¿Dónde te habías metido?

—He tenido un leve contratiempo, nada importante. ¿Qué pasa?

—El presi no ha vuelto a llamar —se lamentó Madison.

Fuera, los zombis ya rodeaban el edificio.

—¡Tenemos que salir de aquí ya mismo! —dijo Zoe.

—Necesitamos un vehículo —apuntó Ozzie, mirando por la ventana y señalando más allá del aparcamiento, que estaba repleto de no-muertos.

A lo lejos se divisaba un concesionario de automóviles. El recinto, iluminado y vallado, estaba engalanado con banderas rojas, azules y blancas que ondeaban con la brisa nocturna.

De repente, un estruendo quebró el silencio y una lluvia de vidrios rotos cayó del techo, seguida por el zombi de la claraboya, que se estrelló contra el suelo con un crujido de huesos rotos. Todos sus miembros se dislocaron y quedó como un muñeco retorcido. Su boca era un agujero negro con dientes. El enloquecido caníbal emitió un sonido indescifrable y escupió gargajos rojos infectados por la enfermedad, para, a continuación, levantarse sobre sus pies, torcidos hacia dentro. Al otro extremo de la zona de las tiendas de comida, la horda de zombis empezó a entrar por las puertas del edificio, que habían quedado cerradas sin llave.

—¡Salgamos de aquí! —gritaron Zack y Rice al unísono, cogiendo los bidones de gasolina que Zoe había llenado antes para acarrearlos hacia la entrada principal. Las puertas automáticas se abrieron y todos se quedaron contemplando la calzada, infestada de muertos vivientes.

¡Riiing! ¡Riiing!

El teléfono que había junto a la caja registradora volvió a sonar.

—¡El presi! —exclamó Rice, aunque ya era demasiado tarde para dar la vuelta.

Los zombis avanzaron hacia ellos dando tumbos, como sosteniéndose en bastones invisibles, agitándose y convulsionándose mientras gemían y emitían sonidos guturales, mordiéndose sus propias lenguas.

—Preparados —dijo Zoe.

—Listos —confirmó Ozzie, hincando la muleta en el suelo.

—¡Zombis! —gritaron Rice y Zack.

—¡Guau! ¡Guau! ¡Guau! —ladró *Chispitas*, encabezando la embestida contra el ejército de no-muertos.

Primero se toparon con una docena, y cincuenta metros más adelante vieron que un centenar se desplazaba carretera arriba, ocupando incluso los arcenes.

Zack trazó una ruta mentalmente y, manteniéndose agachado, consiguió romper el entramado de zombis, arremetiendo contra ellos. Uno alto y desgarbado, que llevaba un pañuelo rojo en la cabeza y una larga coleta, se abalanzó sobre él con los brazos estirados. Un lado de su cara parecía un plato de aros de cebollas. Zack le hizo un regate y logró sortearlo limpiamente.

Por la izquierda, Rice asió con ambas manos el asa del bidón de gasolina que acarreaba y se puso a dar vueltas sobre sí mismo, como un lanzador de martillo olímpico. *¡BAM!* Le acertó a una señora zombi en las espinillas y le arrancó las piernas de cuajo.

Madison, que se encontraba un poco más adelante de Rice, levantó a *Chispitas* y se lo metió bajo el brazo, como si el cachorrillo fuera un balón de fútbol americano. Entonces salió corriendo detrás de Zoe, que se había abierto camino a patadas y puñetazos.

A la derecha, un zombi de unos cincuenta años se dirigía hacia Ozzie. Tenía la cabeza tan hinchada que había doblado grotescamente su tamaño. Ozzie plantó ambas muletas en el suelo, lanzó una patada voladora con la pierna escayolada y le dio al engendro cabezudo en toda la cara.

Zack siguió avanzando a través de la incesante marea de enloquecidos mutantes, esquivando un zombi tras otro, cuando oyó que Madison soltaba un agudo alarido. Zack volvió la cabeza y vio que una colegiala no-muerta la estaba atacando con saña. La zombi tenía un retorcido dedo enganchado en la pulsera de hospital de su amiga.

—¡Ay! —chilló Madison—. ¡Me está tocando!

Pegó un tirón y consiguió zafarse, pero el dispositivo de seguimiento de la Casa Blanca se soltó. El brazalete pareció quedar suspendido en el aire un instante antes de caer por una alcantarilla y desaparecer.

—¡Aaah! —gritó Zack un segundo más tarde, dándose de bruces contra el pavimento y amorti-

guando la caída con ambas manos. Lleno de arañazos, volvió la vista atrás para ver con qué había tropezado.

—¡Groarf! ¡Groarf! —rugieron dos perros pit bull zombis, que tiraban de su paseador no-muerto, las correas enredadas en el podrido antebrazo del tipo. Uno de los perros daba furiosas dentelladas a centímetros de la nariz de Zack, que se levantó como un resorte. En cuanto volvió a mirar al frente, vio que una multitud de zombis regurgitantes avanzaba hacia él con los brazos estirados.

Zack echó un rápido vistazo alrededor y reparó en un Cadillac abandonado en medio de la carretera, con las dos puertas delanteras abiertas. Se lanzó hacia él y se metió de cabeza por el lado del copiloto, justo a tiempo de eludir a un universitario zombi que se disponía a atacarlo. Se pasó al asiento del conductor, momento en que el estudiante arrancó la puerta del vehículo y la lanzó por los aires. Las llaves estaban puestas en el contacto. ¡Bingo! De inmedito consiguió poner el motor en marcha.

—¡Groarg! —rugió el repulsivo no-muerto, que metió la cabeza por el hueco de la puerta arrancada, dispuesto a devorar a Zack.

El chico levantó los pies, pegó las rodillas al pecho y lanzó una doble patada contra el rostro baboso del monstruo, que salió despedido hacia atrás y se estrelló contra el suelo.

Zack cerró su puerta y advirtió que cinco muertos vivientes se tambaleaban en dirección al Cadillac. Como sentado no alcanzaba a ver por el parabrisas, se incorporó, cogió el volante como si de un timón de barco se tratase, metió la primera y apretó el acelerador. El coche arrancó y Zack condujo hacia don-

de se encontraban sus amigos, que luchaban contra la enfurecida horda. «Esto no es tan complicado —pensó—; es como un *kart* gigante.»

—¡Subid! —les dijo a los demás a voz en cuello, sacando la cabeza por el techo corredero del vehículo.

Zoe le propinó una patada en pleno abdomen a un zombi y corrió hacia el Cadillac junto a Ozzie, que se daba toda la prisa que sus muletas le permitían.

Rice también se batió en retirada, mirando a su colega con admiración.

—¡Qué pasada, tío, estás conduciendo un Cadillac! —exclamó.

—¡Yo me pido delante! —dijo Madison, sujetando a *Chispitas* para subir al coche por el agujero dejado por la puerta del copiloto.

Rice subió detrás con Zoe y Ozzie, quienes tras el intenso combate cuerpo a cuerpo se habían quedado sin aliento. Zack aceleró en dirección a un grupo de tétricos no-muertos que se dirigía hacia ellos.

—¡No los atropelles! —advirtió Madison, y estiró un brazo para dar un súbito volantazo a fin de esquivar a los monstruosos peatones.

—¡No! —gritó Zack, que trató de pisar el freno, pero en lugar de eso apretó el acelerador.

El Cadillac salió disparado hacia el arcén y fue a estrellarse contra una farola, haciendo que todos sus ocupantes supieran lo que se siente dentro de una batidora.

—¿Estáis todos bien? —preguntó Zack, encajado entre el parabrisas y el salpicadero.

—Pues no, y todo gracias a ti —respondió Zoe, poniendo los ojos en blanco y abriendo la puerta.

—Estamos bien —lo tranquilizó Ozzie, y miró hacia atrás para comprobar que el ejército de zombis había reparado en el accidente—. Más vale que nos demos el piro —dijo, ayudando a Zack a salir de encima del salpicadero. El vehículo había quedado completamente inservible.

—Gracias, Oz. —Zack se guardó el periódico y el mapa de carreteras en el bolsillo y se alejaron de allí a toda prisa.

CAPÍTULO 6

Llegaron al concesionario de coches usados, pero la reja de entrada estaba cerrada con candado.

—Dejadme a mí un segundo —pidió Ozzie, que sacó unos alicates de su mochila y procedió a cortar la malla metálica de la verja.

Madison levantó el tejido y todos fueron pasando al otro lado.

Al otro lado del aparcamiento había una autocaravana Winnebago estacionada en la oscuridad; tenía una cornamenta de toro en el morro del capó.

—¡Uau, con esto al fin del mundo! —exclamó

Zack, y fue corriendo hasta el vehículo y abrió la puerta lateral.

Rice subió el primero y encendió la luz. La caravana tenía nevera, horno microondas, lavabo, ducha, literas, dos butacas giratorias de cuero y una pequeña mesa sujeta al suelo. Era alucinante.

—Esto debe de ser cosa del destino —suspiró Rice.

—Seguro que hay chinches —comentó Madison, mirando alrededor con disgusto.

—Oye —dijo Rice, señalando la muñeca de su amiga—, ¿dónde está tu pulsera?

—Me la arrancó un zombi.

—¡Genial! Y ahora, ¿cómo hará el *presi* para encontrarnos?

—Parece que ya es oficial: estamos solos —señaló Ozzie.

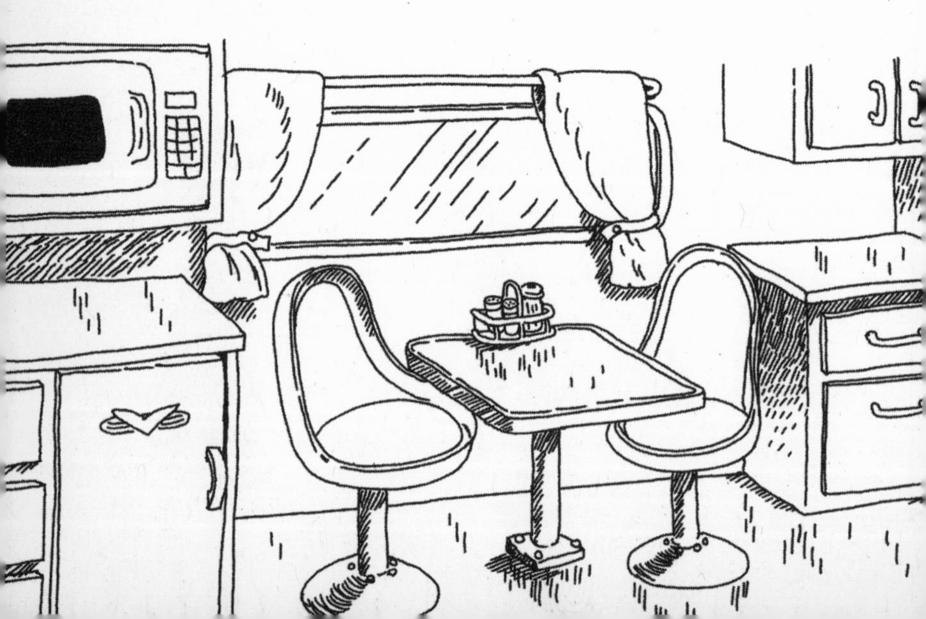

—Tranquilos —intervino Zack, sacando el diario—. Leed esto.

Rice y Zoe se inclinaron sobre la mesa y leyeron el artículo.

—Vaya, el malvado genio creador de la BurguerDog. ¿Cuál es el plan, Zacky?

Zack desplegó el mapa de carreteras.

—Tenemos que ir de aquí a aquí —dijo llevando el dedo desde Memphis, donde se encontraban, hasta Montana, en el noroeste.

—Genial —ironizó Zoe, poniendo los ojos en blanco.

—Un momento, ¿qué hay en Montana? —preguntó Ozzie.

—Lee esto —respondió Rice, pasándole el periódico.

—No podemos conducir hasta Montana —alegó Zoe—. ¡Jamás lo conseguiremos!

—Bien que hemos llegado hasta aquí, ¿no? —argumentó Rice.

—Sí, pero viajando en avión o helicóptero —replicó Zoe—, y Ozzie no se había roto la pierna.

—¡Tenemos que encontrar a este tipo, tíos! —suplicó Zack—. Es la única persona que puede ayudarnos.

—De acuerdo, pero puede que… —dijo Rice, pensativo, mientras Ozzie y Madison terminaban de leer el artículo sobre BurguerDog—. Puede que el tal Duplessis no esté dispuesto a ayudarnos. Puede que pretenda zombificar a todo el mundo para hacerse con el control del planeta. O tal vez se trate de un experimento de control mental que ha salido terriblemente mal. O quizás esté tratando de crear un ejército de...

—Todo eso no importa —lo interrumpió Ozzie—. Ese tipo tiene un laboratorio de última generación, así que, o nos presta ayuda o le damos una paliza. Punto.

En ese preciso instante, una silueta voluminosa y sombría apareció en la puerta de la autocaravana. Su voz tenía un fuerte acento sureño.

—¿Verdad que es toda una belleza?

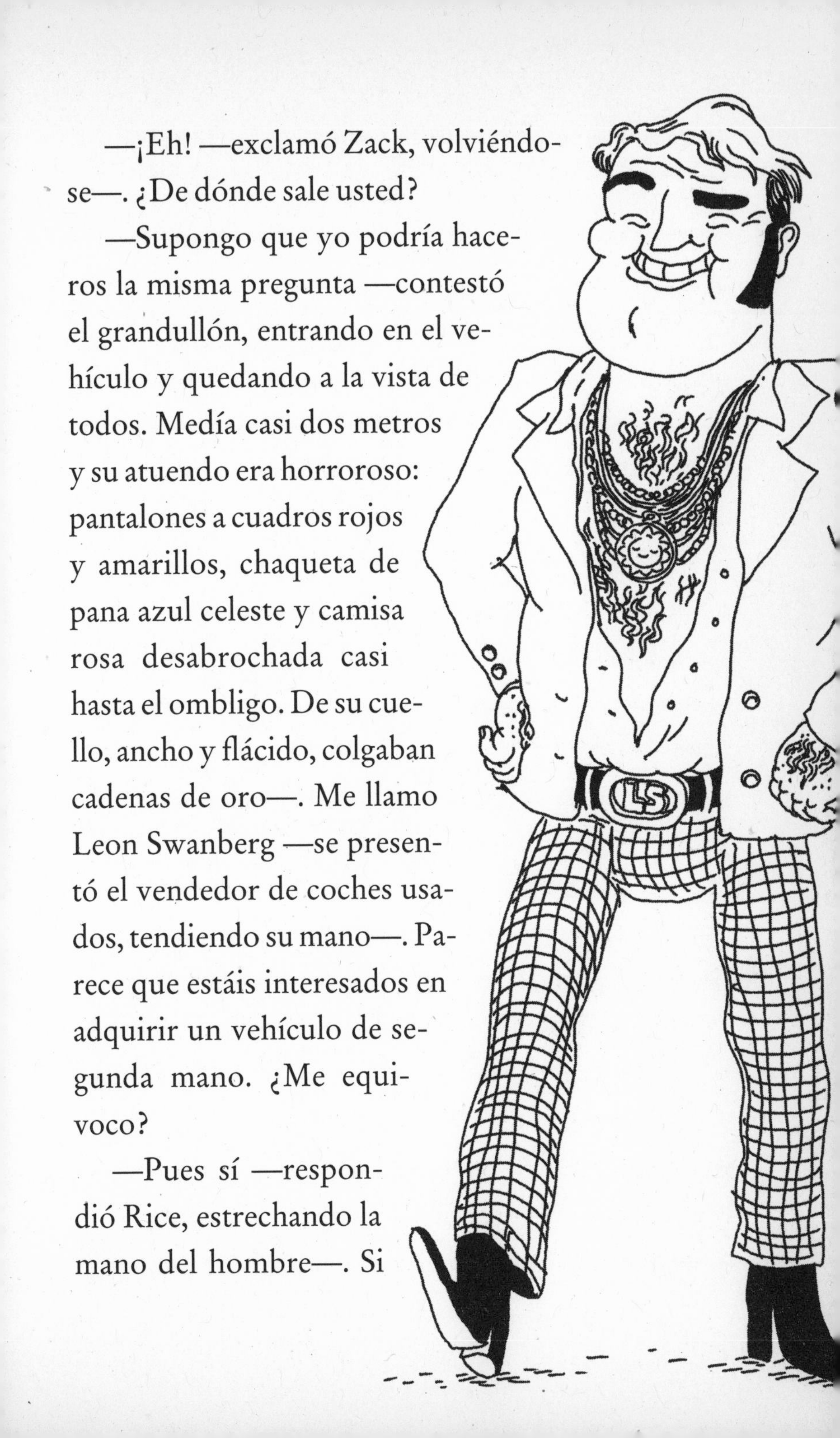

—¡Eh! —exclamó Zack, volviéndose—. ¿De dónde sale usted?

—Supongo que yo podría haceros la misma pregunta —contestó el grandullón, entrando en el vehículo y quedando a la vista de todos. Medía casi dos metros y su atuendo era horroroso: pantalones a cuadros rojos y amarillos, chaqueta de pana azul celeste y camisa rosa desabrochada casi hasta el ombligo. De su cuello, ancho y flácido, colgaban cadenas de oro—. Me llamo Leon Swanberg —se presentó el vendedor de coches usados, tendiendo su mano—. Parece que estáis interesados en adquirir un vehículo de segunda mano. ¿Me equivoco?

—Pues sí —respondió Rice, estrechando la mano del hombre—. Si no le importa, nos gustaría tomar prestada la autocaravana.

—¿Prestada? —repitió Swanberg, frunciendo el ceño.

—Sí, ya sabe, sin pagar.

—Me parece que no, chico. La pasta manda, y yo soy el Rey de la Pasta, así que prestar algo gratis... —Se estremeció—. No me parece normal.

—Señor Swanberg, necesitamos urgentemente la Winnebago —terció Zack.

—¿Para qué, si puede saberse?

—Para que podamos deszombificar a la población y salvar el mundo, ¿para qué si no? —respondió Madison.

—¿De veras? —repuso el vendedor, nada convencido.

—Tenemos el anti... —Zoe fue interrumpida por Zack, que le propinó un codazo en las costillas—. ¡Ay! —exclamó, llevándose la mano al costado.

—Sencillamente —zanjó Zack—, la necesitamos.

El vendedor se llevó la mano a la barbilla y pensó un instante.

—Bien, podéis llevárosla por, digamos... diez de los grandes —decidió, frunciendo los labios y asintiendo.

—¿Diez de los grandes? —resopló Zoe—. ¡No se pase!

—De acuerdo, incluiré en el precio unos cojines para que podáis llegar al volante —bromeó Swanberg, y se le escapó la risa.

Aquello no tenía ninguna gracia.

—Se la devolveremos cuando hayamos terminado —prometió Madison.

—Pero ¿es que no os dais cuenta de que salgo perdiendo? Lo más probable es que acabéis todos devorados por esos zombis del demonio y que yo no vuelva a ver la caravana. A no ser que deszomblifiquéis a todo el mundo...

—Deszombifiquemos —lo corrigió Rice.

—¡No me interrumpas cuando estoy hablando, chico! —espetó el grandullón—. A lo que me refiero es a que, pase lo que pase, nadie me pagará este maravilloso vehículo. Si resulta que salváis el mundo, probablemente acabéis saliendo en las portadas de las revistas y dando entrevistas en la tele, y seguro que os habréis olvidado del viejo Leon Swanberg, que os proporcionó los medios para saldar con éxito vuestra misión.

—De acuerdo; si nos hacemos famosos, le pagaremos —le aseguró Zack—. Y tenga por seguro que nadie nos devorará.

—Eso dicen todos. Necesito una garantía —exigió el hombre con expresión seria.

—Oiga, señor —intervino Ozzie—, sepa usted que nos respalda el gobierno federal, y que está usted violando varias leyes.

—Buen intento, chaval —repuso Swanberg, apartando a aquel joven impertinente vestido de soldado—, pero no puedes engañar a un especialista en la materia. Y ahora, si no vais a pagarme, tendré que pediros que os marchéis.

—¡Muy bien! —exclamó por fin Zoe, revolviendo el bolso de su madre—. Pero solamente tenemos tarjetas de crédito.

—Vaya, jovencita, contigo sí se puede tratar —se alegró el vendedor—. Haré el papeleo en un periquete y esta preciosidad será toda vuestra.

—Tenga. —Zoe le tendió la American Express de la señora Clarke.

—«No salga de casa sin ella» —bromeó el hombre, cogiendo la tarjeta de crédito antes de dirigirse a su despacho.

—¡Rayos, Zoe! —saltó entonces Zack—. ¡No podemos comprar un coche!

—¿Por qué no?

—¡Porque mamá nos matará!

—Mamá se ha convertido en zombi, Zack. Nos mataría de todos modos.

Al cabo de unos minutos, Swanberg regresó con los papeles rellenados. Muy a pesar suyo, Zack estampó su firma junto a la de su hermana.

—Ha sido un placer hacer negocios con vosotros —dijo el vendedor, entregándoles las llaves.

—Claro, gracias —contestó Zack, cogiendo el llavero mientras Rice y Ozzie empezaban a meter los bidones de gasolina en el maletero.

El señor Swanberg abrió la puerta del recinto con una sonrisa dibujada en el rostro.

«Menudo imbécil», pensó Zack mientras la autocaravana se perdía en la noche.

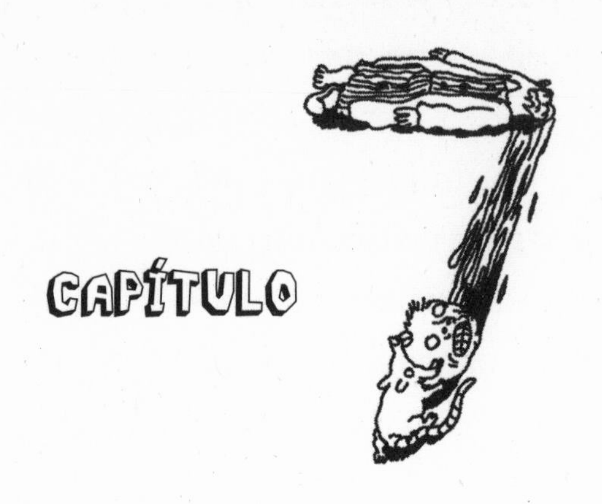

CAPÍTULO 7

Cruzaron el largo puente que atravesaba el río Misisipí y que llevaba al centro de Memphis. En el arcén, un cuervo picoteaba una cabeza de zombi decapitada.

Ozzie dobló a la derecha en la calle Beale, pasando junto a una gigantesca guitarra, hecha con tubos de neón en la fachada de un club de blues, y un cartel luminoso con dos tibias y una calavera en una tienda de artículos de vudú. Ambos titilaban en la oscura calle, por la que deambulaban unos pocos no-muertos que apenas si repararon en el vehículo.

Instantes después, la caravana giró a la izquierda en el paseo de Elvis Presley y pasó junto a una señal que indicaba el camino hacia Graceland, la antigua residencia del rey del rock. A lo lejos se vislumbraba un pequeño supermercado, y Ozzie condujo hasta el aparcamiento.

—Muy bien, tíos —dijo—. Aprovisionémonos rápido y volvamos a la carretera cuanto antes.

Se apearon y se dirigieron a la entrada con cautela. Zack vio que, un poco apartado, había un hotel de la cadena Holiday Inn. El letrero que había en el acceso rezaba: ¡BIENVENIDO A LA SEMANA DE ELVIS!

Una vez que estuvieron delante de la tienda, Rice trató de abrir las puertas, pero estaban cerradas con llave. Zack pegó el rostro al vidrio y echó un vistazo al interior. El lugar estaba desierto y la mercancía intacta.

Zoe encontró un ladrillo tirado junto al supermercado.

—Tendremos que hacerlo a la vieja usanza —dijo, pero Madison le sujetó la muñeca antes de que pudiera lanzar el ladrillo.

—Espera. —Madison se acercó a la puerta y, al revés que Rice, la empujó hacia dentro, abriéndola y haciendo sonar la campanilla de bienvenida. Enarcó una ceja e hizo una mueca—. Adelante, zoquetes.

Una vez dentro, Zoe y Madison fueron a la sección de perfumería para coger algunos cosméticos. Rice, por su parte, se dedicó a llenar una cesta con aperitivos de toda clase.

—Patatas fritas, refrescos, gusanos de goma, ganchitos de queso, unas pasas para Madison, más patatas fritas...

Luego se acercó a una sección dedicada a la noche de Halloween y se puso a inspeccionar los disfraces y las gigantescas bolsas de golosinas.

A Zack le rugían las tripas. Era la primera vez desde que había comenzado todo que realmente tenía hambre.

A su lado, *Chispitas* jadeaba con la lengua fuera; al parecer, alguien más estaba hambriento. Zack cogió una lata de comida para perros de un estante y la abrió. La dejó en el suelo y acarició al cachorrillo, que procedió a saciar su apetito.

—Rice, cógeme una bolsa de esos M&Ms de mantequilla de cacahuete —pidió luego mientras enfilaba un pasillo—. Y otra de ositos de goma.

No hubo respuesta.

—¡Rice! —insistió Zack.

Nada.

—¿Chicos? —llamó, poniéndose nervioso.

Silencio, seguido de risas.

—¡Esto no tiene ninguna gracia!

—Las pastillas de valeriana están de oferta, hermanito —dijo entonces Zoe—. ¿Te cojo un frasco?

—Gracias. Ahora te busco una botella de jarabe de por-qué-no-cierras-el-pico.

Entonces, al doblar la esquina al final del pasillo, algo saltó delante de él.

—¡Groargh!

—¡Aaah! —chilló Zack, que pegó un bote hacia atrás y se dio de espaldas contra una pirámide de latas de sopa, derrumbándola.

Rice estalló en carcajadas y se quitó la máscara de zombi.

—¡Déjate ya de tonterías, capullo!

—Perdona —se disculpó Rice, aguantándose la risa—. Es que a veces no puedo evitarlo.

—Venga, niños —dijo Ozzie, un pasillo más adelante—. Dejad de hacer el tonto.

Zack y Rice doblaron el siguiente pasillo y se encontraron a Ozzie, que estaba cogiendo dos cajas de barritas energéticas y un par de botellas de Gatorade.

—¿Ya estáis listos? —preguntó.

Cuando terminaron de recorrer el supermercado, las cestas de la compra rebosaban con un nutrido avituallamiento para el camino: aperitivos y bebidas, golosinas, papel higiénico, desinfectante, pilas, papel de cocina, más aperitivos, cepillos de dientes, dentífrico, linternas, garrafas de agua, guantes de goma, platos y cubiertos de plástico, juegos de mesa de picnic, una baraja, CD, aparatos electrónicos, DVD, revistas del corazón, brillo de labios, la máscara de zombi y, tal vez lo más importante, ambientadores.

Los chicos se dirigieron a la salida, pero Madison y Zoe fueron hasta una caja y se pusieron a pasar los artículos por el escáner.

—¿Qué estáis haciendo? —preguntó Rice, mirando a las chicas extrañado.

Zoe marcó el total en el lector de tarjetas de crédito y pasó la American Express.

—Pues pagando, ¿qué creías?

Zack puso los ojos en blanco.

—¿Otra vez? —dijo.

Cuando las chicas estaban metiendo en las bolsas los últimos víveres, una silueta tambaleante atravesó la puerta haciendo añicos el cristal.

—¡Groooaaargghh!

El muerto viviente llevaba un ajustado traje blanco de cuello en uve con un águila estampada en el torso. Tenía el pecho al descubierto, peludo y pringado del líquido viscoso que rezumaban todos los zombis.

—¡Dios mío! —exclamó Madison—. Que alguien llame a la policía de la moda.

Zoe cogió una lata de sopa y, cual profesional del béisbol, la lanzó con fuerza contra los morros del zombi.

¡PATAPAM!

El engendro cayó desplomado al suelo.

—¡Strike uno!

—¡Buen tiro! —la felicitó Madison, chocando esos cinco con ella.

Rice se acercó al muerto viviente y contempló el curioso disfraz que lucía, las enormes gafas de sol, el pelo engominado con tupé y las pobladas patillas.

—Un doble de Elvis —concluyó—. ¡Cómo mola!

—¡De molar, nada! —replicó Zack, mirando por el hueco de la puerta hacia el exterior, donde un numeroso grupo de zombis iba apostándose entre la Winnebago y el supermercado, amenazando con bloquear la única escapatoria que los chicos tenían.

—¡Vamos! —gritó Ozzie, tras lo cual salieron sin perder un segundo por el hueco producido por el doble de Elvis.

Tan pronto como estuvieron fuera, una docena de grandullones mofletudos, con patillas y pelo en pecho, se dirigió hacia ellos. Algunos aún llevaban las gafas de sol puestas pese a que tenían los cristales rotos, y otros lucían capas rojas y doradas, pero todos tenían la misma mirada oscura y vacía.

—Una convención de imitadores de Elvis —dijo Rice—. Qué pasada.

Los rockeros zombis avanzaban hacia ellos como la defensa de un equipo de fútbol americano, sacando espuma por la boca y contoneando la pelvis con cada paso.

Uno de los imitadores cambió de dirección repentinamente, gruñendo. Zack trató de huir, pero el muerto viviente se abalanzó sobre él y lo cogió del brazo.

—¡Ay! ¡Suéltame! —exclamó Zack, agitando el brazo. Sin embargo, el resollante remedo de Elvis lo aferró con fuerza. Su manaza no lo soltaba.

¡ÑAM!

De repente, como si se tratara de una pata de pollo, el no-muerto clavó su torcida y ennegrecida dentadura en el antebrazo de Zack, que sintió una aguda punzada de dolor.

—¡Me está comiendo! —aulló el chico, y logró soltar el brazo mientras el imitador de Elvis masticaba su carne con la boca abierta.

Zack retrocedió y cayó al suelo aturdido por el dolor y la impresión.

La malévola criatura volvió a abrir las fauces para atacar de nuevo. Zack se puso de pie agarrándose el brazo herido, divisó un pasadizo hasta la autocaravana y se dirigió hacia allí, pero de repente se estampó contra otro Elvis, que lo mandó al suelo con un golpe de pelvis lateral. Zack se golpeó la cabeza contra el pavimento y lo vio todo rojo.

—¡Groarff!

El zombi levantó los brazos sobre Zack, que oyó latir su propio corazón mientras se acurrucaba sobre el asfalto. Se protegió el rostro con el brazo sangrante, convencido de que aquello era el final. Sin embargo, oyó que algo se desplomaba con fuerza a su lado.

Abrió los ojos y vio al muerto viviente tirado en el suelo. Zoe estaba de pie junto a él, soplando el humo imaginario del taco de goma de una de sus muletas.

—¡Vamos, holgazán! —dijo ella, asiendo a su hermano por el brazo sano y ayudándolo a levantarse—. ¡En pie!

Arrastrado por su hermana, Zack se alejó a trompicones del tropel de cantantes zombis en dirección a la caravana. Ozzie se puso al volante y Madison ocupó el asiento del copiloto con *Chispitas* en los brazos. Zack y Zoe subieron con el vehículo ya en marcha, y Rice cerró de un portazo.

Zack se desplomó en el interior de la Winnebago, mientras la marea de zombis golpeaba los laterales con los puños.

¡BAM! ¡PLONG! ¡ZAM!

—¡Acelera! —exclamó Madison, y Ozzie pisó el acelerador.

El motor rugió y las ruedas traseras soltaron humo al quemar caucho sobre el asfalto, en dirección al amanecer rojo sangre que se divisaba en el horizonte.

CAPÍTULO 8

C*hispitas* se bajó del regazo de Madison y fue junto a Zack, que yacía herido en la litera inferior. El cachorrillo saltó sobre el pecho del chico y le tocó la cara con la pata. Mientras avanzaban por la autopista, Madison encendió la radio y fue moviendo el dial, pero solamente se oían interferencias. Las emisiones de emergencia hacía tiempo que habían cesado.

—Qué rollo —se quejó Madison—. Ni siquiera podemos escuchar música.

Zack sentía un dolor intenso en el brazo y se mordió el labio cuando Rice se puso a atenderle la herida. Rice iba tarareando algo cuando, de golpe, comenzó a cantar en voz alta.

—Te comiste una BurguerDog / y ahora gruñes sin cesar. —Se trataba de una versión libre de un clásico de Elvis—. Te comiste una BurguerDog / y estaba infectada. —Zack miró a su amigo deseando que dejara de maullar—. Te cruzaste con nosotros / y mordiste al pobre Zack / ¡Muchas gracias! —terminó por fin muy ufano.

—Me parece que Madison no se refería exactamente a eso, Rice —opinó Ozzie.

—Argh —dijo Zoe, asomándose desde la litera de arriba—. No irá a volverse zombi de nuevo, ¿verdad?

—Sí —respondió Zack—, y te voy a dar unos buenos mordiscos.

—No lo creo —contestó Zoe, golpeando el puño de la mano derecha contra la palma de la izquierda.

Zack se preguntó si realmente iría a convertirse en zombi otra vez. Todavía no se sentía enfermo. De hecho, exceptuando el dolor del brazo, no sentía nada raro. Aunque eso no garantizaba que no fuera a convertirse en no-muerto una vez más. Madison no podía, pero era un caso excepcional. A Zoe no habían vuelto a morderla, por lo que no había manera de saber cómo reaccionaría.

Rice terminó de vendar la herida y luego miró a Zack.

—Dime si esto te duele —dijo, apretando con el dedo índice encima de la mordedura vendada.

—¡Ay! ¡Ten cuidado, colega!

—Te pondrás bien —le informó Rice, dándole una palmadita en la cabeza—. Y ahora, descansa un poco. —A continuación, Rice llamó a Ozzie, que iba al volante de la Winnebago—. Oye, Oz, parece que ahora somos los únicos que podemos convertirnos en zombis. Qué pasada, ¿no ?

—Claro —replicó Ozzie, sin desviar la atención de la carretera, donde pululaban muertos vivientes a los que tenía que ir sorteando—. Maravilloso.

Zack oía los lamentos macabros de los zombis encima del ronroneo del motor. Corrió la cortina de la ventanilla y se puso a ver pasar los árboles. El sol resplandecía en un cielo azul y límpido, y la autocaravana marchaba veloz por la autopista que bordeaba el río Misisipí hacia el norte. Una marea ingente

de no-muertos descendía tambaleándose por las laderas de las colinas, proyectando sus alargadas sombras con la luz de la mañana. La pesadilla parecía no tener fin.

A partir de cierto momento, la carretera se ensanchó. Los zombis que deambulaban por ella fueron quedando más dispersos, y Madison y Zoe aprovecharon para bajar las ventanillas. El viento matutino era fresco. Hubo un rato en calma, y Zack tuvo ocasión de surmirse en sus pensamientos.

Entonces, de pronto la Winnebago se detuvo. Un olor nauseabundo entró por las ventanillas, inundando el interior del vehículo. Madison se tapó la boca y la nariz y echó un poco de ambientador.

—¿Por qué nos detenemos? —preguntó Zack, imitando a Madison—. ¡Aquí apesta! —exclamó, y acto seguido asomó la cabeza entre los asientos delanteros para mirar por el parabrisas.

A lo lejos, un cielo nublado se cernía sobre el Misisipí, y se veían relámpagos tras las colinas cubiertas de abetos que había hacia el oeste. Delante de la caravana, un gigantesco atasco bloqueaba el acceso al puente que cruzaba el río, y montones de zombis vagaban de un lado a otro entre los coches.

No les iba a quedar más remedio que buscar otra ruta. Rice examinó el mapa a conciencia.

—Podemos cruzar por este otro puente —indicó.

—A sus órdenes, sargento —respondió Ozzie, dando marcha atrás y volviendo a bajar por donde habían venido.

—¿Estás seguro de adónde vamos, Rice? —inquirió Zack.

—No te preocupes, tío. Llegaremos ahí en un periquete.

Mientras recorrían las calles de la pequeña población de Collinsville, Illinois, Madison y Zoe se sentaron a la mesa de la Winnebago a pintarse las uñas.

—Más te vale que no nos perdamos, querido zoquete —le advirtió Zoe.

—Ya casi estamos —aseguró Rice, mirando el mapa.

A medida que fueron ascendiendo por una larga cuesta, una enorme botella de ketchup se fue alzando, majestuosa, por encima de los árboles.

—¡Uau! —se asombró Rice, boquiabierto—. ¡Ahí está!

—¿Qué demonios es eso? —preguntó Ozzie, frenando poco a poco hasta detenerse en lo alto de la colina.

—Eso, amigo mío —explicó Rice—, es La Botella de Ketchup Más Grande del Mundo.

Madison y Zoe miraron a través de la persianita de la ventanilla.

—Creo que lo que Ozzie quería preguntar era por qué diablos hemos venido a este lugar —opinó Madison.

—Bueno, primero, porque es una pasada —contestó Rice; y segundo, porque mi tío Ben, que es de por aquí, me dijo una vez que un hombre no puede morirse sin haber contemplado la botella en persona.

—Y tercero, porque estás chalado —añadió Madison.

Rice hizo caso omiso del comentario.

—¿Creéis que realmente está llena de ketchup? —preguntó.

—Eso sería una locura —respondió Zack—. ¿De dónde lo iban a sacar?

—Es un depósito de agua, memos —aclaró Zoe, suspirando.

—Venga, vamos a echarle un vistazo —dijo Ozzie, y miró a las chicas—. ¿Venís?

Madison se sopló las uñas.

—Creo que pasamos —contestó.

—Como queráis —dijo Rice, apeándose de la Winnebago.

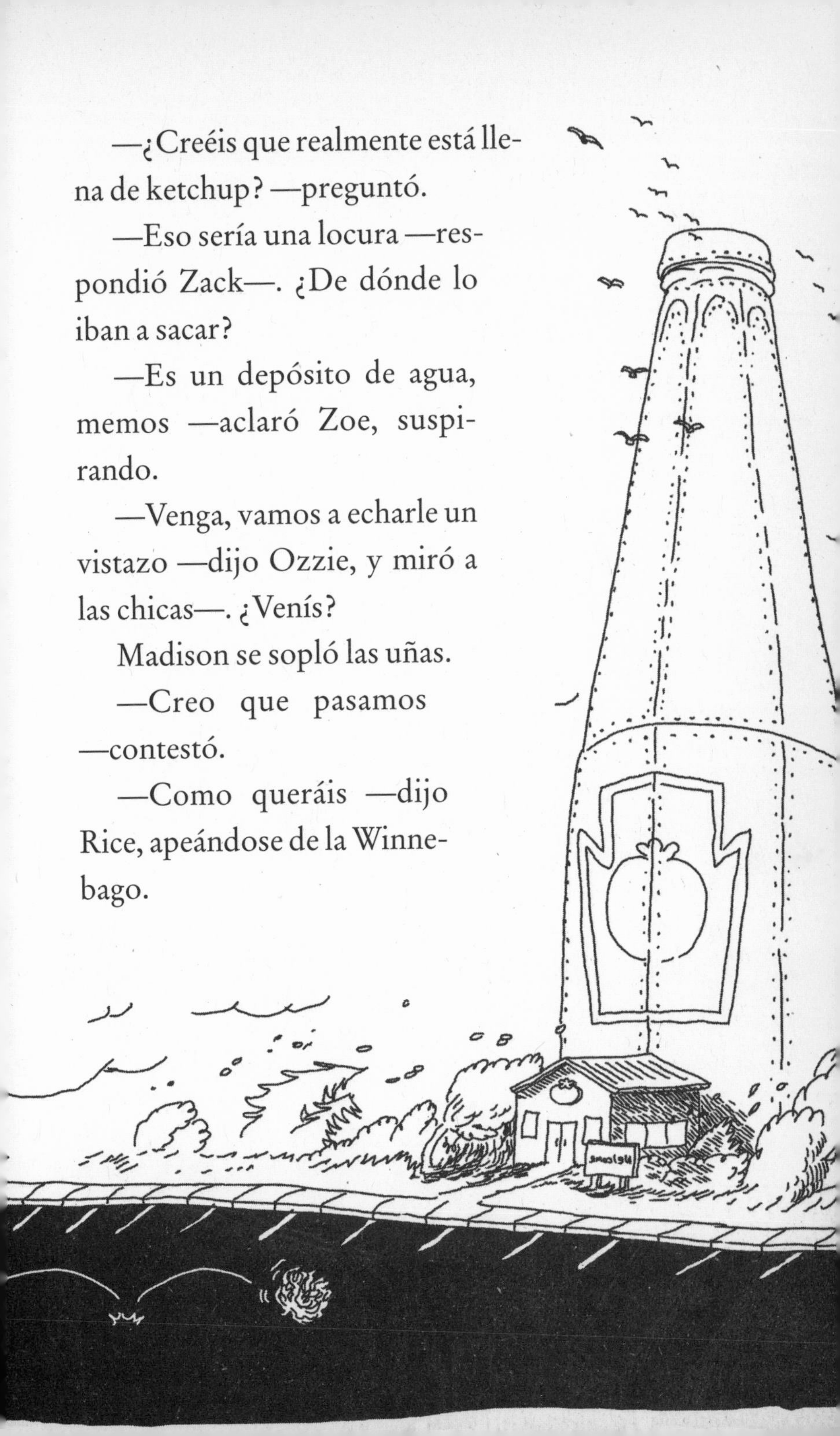

Una vez fuera, los chicos se fueron pasando unos prismáticos para ver mejor la gigantesca botella de salsa de tomate, que se recortaba contra un cielo plomizo.

Rice estaba maravillado.

El viento soplaba con una fuerza inusual y se acercaban unos amenazadores nubarrones negros. El cielo había adquirido un color verdoso. A Rice le sobrevino un escalofrío.

—¡A la caravana, rápido! —ordenó Ozzie, viendo que las nubes empezaban a formar un remolino.

De repente, un rayo iluminó el cielo y el remolino se convirtió en ciclón.

—¡Un tornado! —exclamaron todos al unísono, aterrorizados,

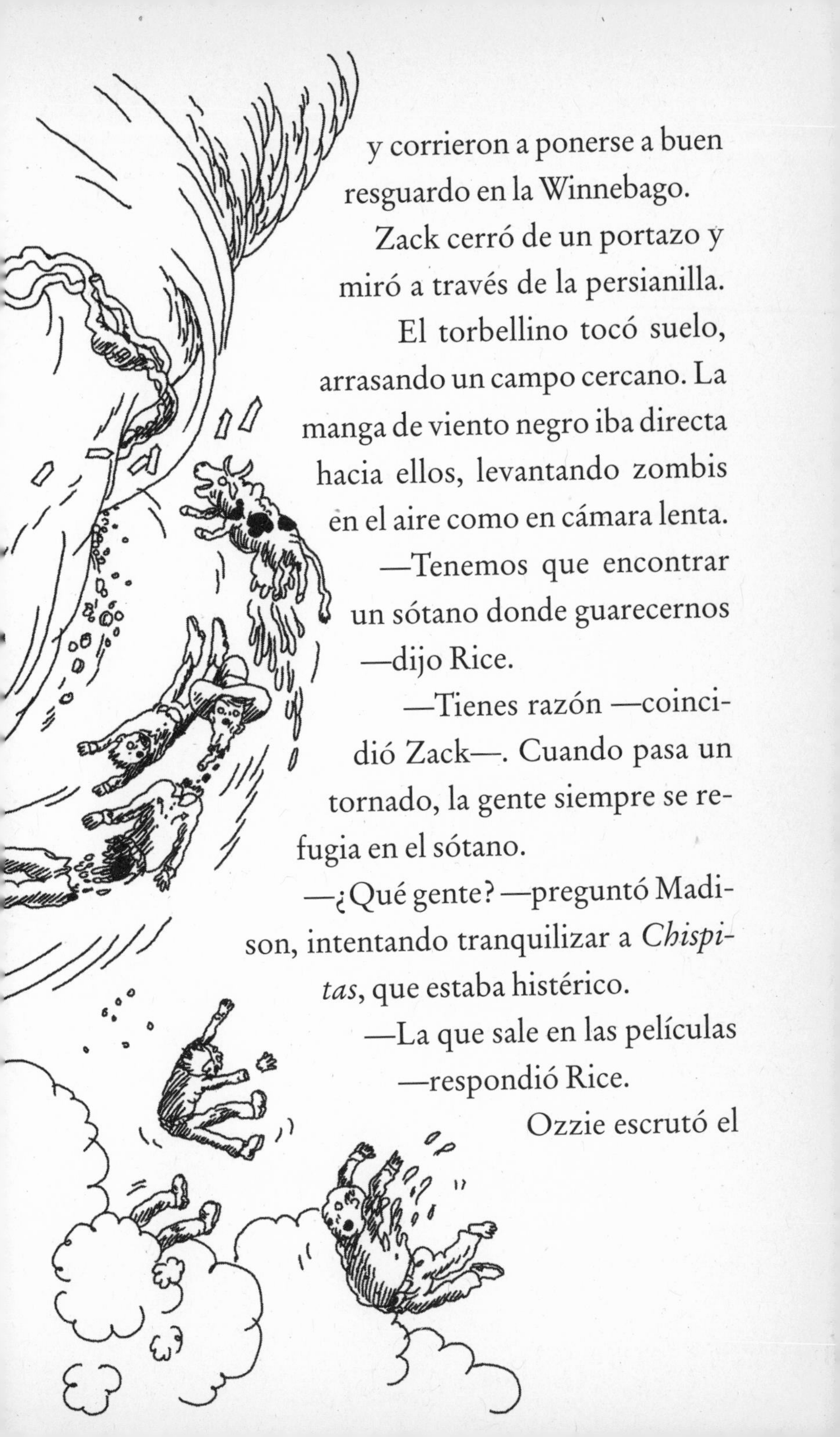

y corrieron a ponerse a buen resguardo en la Winnebago.

Zack cerró de un portazo y miró a través de la persianilla.

El torbellino tocó suelo, arrasando un campo cercano. La manga de viento negro iba directa hacia ellos, levantando zombis en el aire como en cámara lenta.

—Tenemos que encontrar un sótano donde guarecernos —dijo Rice.

—Tienes razón —coincidió Zack—. Cuando pasa un tornado, la gente siempre se refugia en el sótano.

—¿Qué gente? —preguntó Madison, intentando tranquilizar a *Chispitas*, que estaba histérico.

—La que sale en las películas —respondió Rice.

Ozzie escrutó el

paisaje con los binoculares a través del parabrisas.

—¡Allí! —exclamó, señalando el pie de la colina.

—¿Hay un sótano? —preguntó Zack, arrebatándole los prismáticos. Al cabo de la carretera había un pequeño túnel que pasaba por debajo de una vía ferroviaria—. ¡Vamos! —gritó.

Zoe saltó tras el volante, puso en marcha la caravana y salió zumbando por el resbaladizo asfalto, mientras el vehículo era alcanzado por una repentina y furiosa granizada.

¡Fiiiiuuuuuu!

Tomaron una curva casi derrapando y a duras penas consiguieron esquivar un tractor verde y amarillo que había salido volando por los aires, mientras el tornado iba disparando ladrillos y listones de madera.

Zoe sorteó una enorme plancha metálica que cruzaba el camino a ras de suelo y consiguió entrar en el túnel, tras lo cual pisó el freno y apagó el motor. El ojo del tornado pasó entonces por encima del paso elevado, oscureciéndolo todo. Zoe encendió las luces delanteras de la Winnebago.

Los habitantes del lugar, zombificados, iban pasando como misiles a ambos lados de la autocaravana. De repente, un granjero con el semblante putrefacto y vestido con un peto vaquero quedó pegado al parabrisas, boca abajo, dejando una mancha gelatinosa en el cristal, para luego salir volando por encima del techo.

—¡Aaaah! —chilló Madison al ver que un brazo mutilado chocaba contra la ventana que había encima del fregadero, abriendo y cerrando la mano sin ton ni son.

Inmediatamente, el zombi atravesó el cristal, desgarrándose la piel y la carne grisáceas.

Rice chilló como la protagonista de una película de terror de serie B.

Zack cogió una de las muletas de Ozzie a modo de bayoneta y la estampó repetidamente en la cara del asqueroso monstruo, hasta sacarlo de allí.

—¡Enciende el motor, Zoe! —gritó Ozzie mientras más zombis impactaban contra la caravana, abollando el techo y haciendo temblar las ventanillas.

Entonces, de golpe, el viento cesó y los zombis voladores cayeron contra el pavimento, quedando desperdigados alrededor del vehículo. A continuación se pusieron de pie y empezaron a berrear como una manada de monos salvajes, apelotonándose alrededor de la Winnebago.

—¡No arranca! —exclamó Zoe, dándole al contacto una y otra vez.

El motor carraspeó como un disco rayado hasta que, al final, pareció morir. En ese preciso instante se produjo un fortísimo estruendo.

—¿Qué demonios ha sido eso? —preguntó Zack.

Al otro lado del túnel, justo delante de ellos, algo ocupó la salida. En cuestión de segundos, una violenta corriente de agua atravesó el túnel y arrastró consigo la horda de muertos vivientes.

—¡Ahora! —gritó Zack—. ¡Vamos!

Zoe volvió a intentarlo y el motor se encendió. Pisó el acelerador y la caravana salió disparada del túnel, alejándose de los zombis que había por el asfalto. Atravesaron lo que quedaba de La Botella de Ketchup Más Grande del Mundo y contemplaron cómo, poco a poco, el torbellino se iba difuminando.

—Eh, tíos —dijo Zack una vez que estuvieron de vuelta en la autopista—, basta de paradas en ruta, ¿de acuerdo?

Nadie contestó; todos, incluido él, estaban exhaustos. Zack cerró los ojos y cayó rendido.

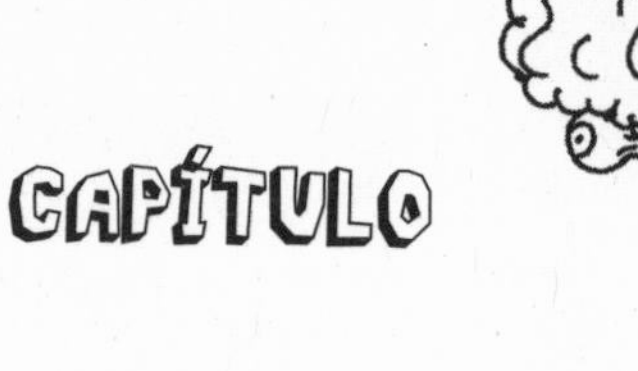

Ya casi hemos llegado, Mad! —oyó Zack, despertado por la voz de su hermana. Estaba atontado y desconcertado. El reloj digital del salpicadero brillaba tenue en la creciente oscuridad: indicaba las 19.23 horas.

—Por fin te despiertas, dormilón —dijo Zoe.

—¿Casi hemos llegado adónde? —quiso saber Zack.

—Al Mall of America, el centro comercial más grande del país —contestó ella de manera prosaica.

—¡Ya hemos perdido suficiente tiempo! —se quejó él—. No vamos a ir a ningún puñetero centro comercial.

—Descuida, no vamos a un puñetero centro comercial —coincidió Zoe—. ¡Vamos a un centro comercial alucinante!

—Ni lo sueñes.

—Escúchame bien, hermanito —dijo Zoe, ladeando la cabeza y mirándolo fijamente—. Llevo conduciendo nueve horas, e iremos a donde yo diga que vamos. *Capisci?*

—Pero se suponía que íbamos directos a Montana. Pensaba que estábamos todos de acuerdo.

—Cierra el pico, enano —espetó Zoe.

—Ahora mismo, mamá y papá podrían tener los ojos desorbitados, ¿y lo único que te preocupa es ir de compra? ¿Dónde está Rice?

—Pegándose una ducha —informó Madison.

Por encima del zumbido del motor, Zack oyó que su amigo silbaba en el cuarto de baño.

—¿Sabe que nos dirigimos al Mall of America?

—¿Estás de broma? —contestó Zoe—. Fue idea suya.

—¡Rice! —lo llamó Zack a gritos, pero su amigo siguió silbando.

—¡No sabes qué ganas tengo de llegar, Zoe! —exclamó Madison—. Hace una eternidad que no me cambio de ropa.

—Lo sé. Es algo realmente terrible.

—Esperad un momento... —intervino nuevamente Zack—. ¿Ozzie?

Zack se volvió y vio el brazo de Ozzie colgando de la litera superior. Dormía como un lirón y roncaba como un serrucho. Zack resopló. Por lo visto, las chicas habían tomado el mando.

Rice salió del lavabo con una toalla alrededor de la cintura y otra sobre los hombros.

—Tranqui, colega —le dijo a Zack—. Si vamos a luchar contra Duplessis y su ejército de no-muertos, necesitaremos equiparnos adecuadamente.

—Tiene razón, Zack —coincidió Madison—. Y todos podremos ponernos ropa limpia y calzado nuevo; y puede que cojamos también algo de maquillaje y nos tomemos unos batidos de frutas.

—¡Muy bien! —se rindió Zack, cruzándose de brazos. Si había algo que detestaba, era ir de compra a un centro comercial.

En ese momento, Zoe vio a Rice por el espejo retrovisor.

—¡Pero bueno! —refunfuñó—. ¿Quieres hacer el favor de ponerte algo encima?

Al cabo de unos instantes, la Winnebago hizo su entrada en el aparcamiento del Mall of America. Cuando estuvieron junto a las puertas, Zoe aminoró y detuvo la caravana. Todos se apearon y se dispusieron a entrar en el imponente centro comercial.

Las puertas de vidrio se abrieron automáticamente. De inmediato, fueron abofeteados por un hedor pestilente y cálido, como emitido por un aparato de aire acondicionado en un día caluroso. El interior estaba iluminado por una cruda luz fluorescente, y las tiendas que flanqueaban el pasillo principal estaban destrozadas. Había cristales rotos, ropa y estanterías desperdigados por todas partes. Con la excepción del lamento gutural de los no-

muertos, que reverberaba por todo el lugar, parecía un día normal: gente yendo de tienda en tienda como zombis.

De repente, vieron que algo informe y ondulante se movía de manera escurridiza por el suelo. Zack entornó los ojos, tratando de ver qué demonios era.

—¡Puajj! —chilló Madison cuando una especie de piel de leopardo pringada de secreciones verdes saltó como una ardilla voladora rabiosa y se le pegó a la cara. Con un manotazo se quitó de encima aquel abrigo de piel zombificado y lo tiró al suelo.

Chispitas se puso a ladrar, pero no a aquella aberración de la peletería: una mano sin dueño caminaba sobre la yema de sus dedos, olisqueando el entorno con el dedo corazón. El cachorro le enseñó los dientes y gruñó con rabia.

—¡Vamos, chico, no te entretengas en menudencias! —dijo Zack, y *Chispitas* lo siguió.

Una vagabunda zombi que llevaba un abrigo lar-

go y un gorro de lana dio un torpe paso adelante cuando los chicos pasaron junto a ella. Ladeó la cabeza, maulló como un gato y enseñó sus dientes putrefactos, al tiempo que soltaba un silbido viperino.

Siguieron avanzando con cautela hasta que se encontraron con una enorme montaña rusa, cuyas subidas, bajadas y tirabuzones ocupaban el hueco de tres plantas de altura que había en medio del edificio.

—¡Y un cuerno pienso hacer cola! —dijo Madison, cruzándose de brazos y mirando las filas de muertos vivientes que armaban barullo al otro lado de las puertas del parque de atracciones.

Padres zombis iban de un lado a otro caminando mientras sus retoños no-muertos iban y venían gateando, gruñendo y berreando. Había zombis encaramándose a la noria, y otros que, una vez arriba, salían despedidos hacia las ramas de los árboles interiores que había plantados en el suelo de linóleo.

—Puede que venir aquí no haya sido tan buena idea, chicos —opinó Zack, mirando alrededor—. Vámonos; ya nos equiparemos en otro lugar.

—No, esperad —saltó Madison—. ¡Ahí arriba no hay zombis! —dijo señalando la primera planta, que parecía despejada.

—¡Tenemos que llegar allí! —exclamó Zoe, y fue corriendo hasta el plano del centro comercial para estudiarlo someramente—. ¡Por ahí! —indicó, señalando un pasillo bloqueado por un grupo de zombis menudos. Un pequeño ejército de niñas no-muertas, casi idénticas, empezó a avanzar hacia ellos.

—¿De dónde ha salido el club de fans de los Jonas Brothers? —preguntó Ozzie.

—No sé si es buena cosa tener fans que quieran comerte vivo... —bromeó Rice.

Las zombis preadolescentes se iban acercando como guiadas por radar, y los cinco amigos fueron a esconderse en un rincón junto a los lavabos. Zack se asomó y divisó una imagen de cartón de Justin Bieber a tamaño real que había delante de una tienda de discos.

—Tengo una idea —dijo, y corrió a coger la foto de Bieber para dejarla en el lado opuesto a donde tenían que ir.

—Zack —lo llamó Rice sin levantar la voz—. Vuelve aquí. ¿Qué estás haciendo?

Él se ocultó tras la figura de cartón y, a pesar de la vergüenza, se lanzó a interpretar su mejor versión de *Baby*, el gran éxito de la estrella del pop.

Inmediatamente, las chiquillas giraron el cuello hacia el dulce sonido del falsete de Zack y avanzaron en estampida hacia allí.

—*Baby, baby, baby, oh!*

Zack saltó de detrás de la imagen y esquivó al grupito de fanáticas, que procedieron a destrozar el señuelo.

—Vaya, Zack —se burló Rice, dándole un codazo en las costillas—. No sabía que te gustaba tanto Justin Bieber.

Zack sonrió y siguió a los demás pasillo abajo, lejos de la maraña de zombis. Dejaron atrás un puesto de joyería y se detuvieron delante de los ascensores. Madison pulsó el botón de llamada y las puertas se abrieron. Una vez dentro, Zoe apretó el botón del tercer piso y Zack el del primero.

—¿Qué haces? —preguntó Zoe.

—Vamos a la tienda de artículos deportivos.

—Bueno, pues nosotras vamos a las tiendas de moda —replicó ella, cogiendo a Zoe del brazo.

—Ya lo has oído, chaval —añadió Zoe.

—Vale —dijo Zack—. Nos reuniremos aquí mismo dentro de una hora.

—¿Estás de broma? —se quejó Madison—. Eso es lo que tarda una en escoger unos buenos zapatos.

Las puertas del ascensor volvieron a abrirse y los chicos bajaron en el primer piso.

Chispitas fue tras ellos.

—Jo —dijo Rice—, quiere venir con los chicos.

—¡*Chispitas*, vuelve aquí! —ordenó Madison.

El cachorro se detuvo entre las puertas.

—¡Ven, *Chispitas*! —exclamó Zack, dándose una palmada en la pierna.

—¡No te muevas! —exigió Madison.

—¡Ven con quien quieres más! —insistió Zack.

—*Chispitas* no te quiere más que a mí —alegó su dueña, fulminando a Zack con la mirada—. ¡Quédate aquí, *Chispitas*!

—¡Vamos, chico! —dijo Ozzie, animando al confuso cachorrillo.

—¡Dejadlo ya! —pidió Zoe—. *Chispitas* viene con nosotras. —Las puertas empezaron a cerrarse y el perro volvió a entrar en el ascensor.

—¡Ja, toma ya! —se ufanó Madison, levantando a su mascota.

—Dentro de una hora —repitió Zack, metiendo el brazo entre las puertas, que volvieron a abrirse—. Hablo en serio.

—Lo pensaremos —concedió Zoe, pulsando el botón de la tercera planta repetidas veces—. Descuida.

Las puertas se cerraron y los chicos se miraron unos a otros.

Rice se puso entre Zack y Ozzie y tomó a ambos de los hombros.

—Me alegro de que seamos tíos —dijo.

—Y que lo digas —respondieron Ozzie y Zack al unísono, y echaron a andar por la primera planta, libre de zombis.

Entraron en la tienda de deportes y echaron un vistazo al surtido de zapatillas que había en los anaqueles de la pared. Cada uno eligió un par y cogió camisetas, pantalones, sudaderas y, por fin, calcetines.

—¿Qué puedo hacer contigo? —se preguntó Rice, estirando una larga media de fútbol y reparando en un cesto lleno de pelotas de béisbol. Cogió tres, las metió en el calcetín, lo cerró con un nudo y se puso a revolear la improvisada arma—. ¡Mola! —dijo sonriendo.

—Buena idea, Rice —comentó Ozzie—. Deja que te muestre algo. —Y cogió a su nuevo pupilo por la muñeca y le enseñó cómo agarrar la media correctamente.

—Gracias, maestro —dijo Rice, haciendo una reverencia.

—Vuelvo en un minuto —anunció Zack, y fue a buscar un carrito de la compra para recorrer los pasillos de la tienda.

Los estantes estaban repletos de artículos deportivos, desde pelotas de voleibol hasta cañas de pesca. Cogió un par de bates de béisbol, varios palos de lacrosse y unas raquetas de tenis sin encordar. Fue metiendo en el carro cualquier cosa que pareciera que podía ser de utilidad: guantes de boxeo, equipación de lacrosse, coderas y cascos de fútbol americano. Antes de darse cuenta, el carrito estaba casi lleno.

—Venga, Zack —lo llamó Ozzie.

—Todavía tenemos que pasar por un par de tiendas más —dijo Rice—. Quiero llevarme una tele pequeña para la caravana y conseguir un iPhone nuevo.

Cuando estuvieron de vuelta en el pasillo, se asomaron por la barandilla para echarle un vistazo a la maraña de zombis que había debajo. Por suerte, todas las escaleras mecánicas del primer piso corrían hacia abajo, lo que confinaba a los monstruos a la planta baja.

—No nos detengamos —dijo Zack por encima del lamento de los no-muertos.

Cuando llegaron a la siguiente tienda, vieron que las luces estaban apagadas. Zack entornó los ojos para ver a través de la reja del local y, de repente, la mano de un zombi golpeó la puerta interior con fuerza, quebrando el silencio. Zack parpadeó y volvió a mirar dentro. La repulsiva palma había dejado una huella pringosa sobre el vidrio. La tienda estaba repleta de clientes zombis, cuyos cuerpos deformes se apelotonaban como en el metro en hora punta. Se contorsionaban como si estuvieran en un concierto de rock duro, pero en cámara lenta.

—Mala suerte —le dijo Zack a Rice—. Está a rebosar de zombis.

Ozzie volvió a asomarse por la barandilla y vio que los no-muertos de la planta baja se movían con babosa lentitud; imposible que subieran por las escaleras mecánicas en dirección contraria.

—No lo entiendo —dijo Zack—. ¿Cómo puede ser que solamente haya zombis ahí abajo y aquí encerrados en las tiendas?

—Aquí hay alguien más —afirmó Ozzie, mirando a lo lejos.

—Sí, un mogollón de zombis —respondió Rice.

—No; me refiero a alguien con cerebro. Esto parece organizado por alguien.

Rice asintió.

—Estaba pensando exactamente lo mismo.

«Seguro», pensó Zack.

De repente se oyó el sonido de un motor eléctrico. Zack volvió la cabeza en dirección al ruido y vio que dos vigilantes de seguridad zombis se dirigían raudos hacia ellos montados en sus Segways.

—¡Cuidado! ¡Agachaos! —gritó Zack, tumbándose en el suelo al tiempo que los guardias saltaban de sus vehículos sobre Rice y Ozzie.

—¡Eh, mamarracho! —exclamó Rice, arrancándole a uno su corbata negra de pega—. ¡Ni siquiera eres un poli de verdad!

Zack cogió una de las raquetas y la pasó por la cabeza del zombi, sujetándolo por el cuello. Tiró de

él y lo alejó de Rice antes de que pudiera morder a su mejor amigo. El no-muerto se puso a agitar el brazo como si fuese una porra, arañando el mentón de Zack. Consiguió darse la vuelta, quedando cara a cara con su captor y estornudando sus mocos infecciosos sobre él. Zack compuso una mueca de asco.

El zombi rugió, se retorció y cargó contra Zack, derribándolo y cayendo encima de él. A continuación, el engendro se puso de pie y cogió al chico por un tobillo, levantándolo cabeza abajo.

—¡Socorro! —chilló Zack, moviendo la pierna para liberarse. El guardia, no obstante, lo tenía agarrado con fuerza y se dispuso a morderle el tendón de Aquiles—. ¡Ayuda!

—¡Ya voy, colega! —gritó Rice, que cogió la media de fútbol cargada con pelotas de béisbol, tomó carrerilla y atizó al zombi con fuerza.

El guardia trastabilló y soltó a Zack, que cayó de cabeza al suelo. Rice le propinó varios porrazos más hasta dejarlo inconsciente.

—Gracias, tío —dijo Zack, poniéndose de pie y sacudiéndose el polvo—. Buen golpe, por cierto.

—Me vendría bien un poco de ayuda por aquí —les comunicó entonces Ozzie, que estaba de espaldas contra el suelo, sujetando al otro vigilante—. Este tipo pesa lo suyo.

Rice giró sobre los talones, revoleando su nueva arma y en un pispás dejó al zombi fuera de combate.

—*Kia! Wah!* —exclamó, emulando a un luchador de kung-fu.

Ozzie se puso de pie, apoyándose en su pierna sana.

—Una técnica excelente, Rice, aunque tendremos que mejorar tu velocidad de reacción —opinó, limpiándose secreción verde de las manos.

—Por supuesto, colega —respondió, cortando el aire con un golpe de karate.

Ozzie sonrió. Se acercó a uno de los Segways, lo enderezó y montó en él. Avanzó, se detuvo, giró y volvió a acelerar, dibujando un ocho imaginario.

Zack y Rice miraron el otro Segway y se miraron el uno al otro.

—Preparados —dijo Rice.

—Listos —asintió Zack, flexionando una rodilla.

—¡Ya! —exclamó Rice antes de tiempo, saliendo disparado hacia el Segway.

—¡Tramposo! —le recriminó Zack, echando a correr tras él y ganando terreno. Rice corría tanto como podía, pero resbaló con moco verde de zombi y cayó de espaldas al suelo. Zack le dio alcance y tomó la delantera.

—¡Aaau! —gimoteó Rice dolorido, rodando sobre su barriga.

Zack se detuvo a medio camino y miró a su ami-

go, que se estaba agarrando la rabadilla con expresión desencajada. Retrocedió y lo ayudó a levantarse.

—¿Estás bien, tío? —le preguntó.

Una sonrisa maquiavélica cruzó el semblante de Rice, que reanudó la carrera hasta el Segway en perfectas condiciones.

—¡No es justo, colega! —gritó Zack mientras Rice se montaba en el vehículo y rodaba hasta él.

Rice se inclinó y puso voz de robot:

—Vengo del planeta Zorgón. Yo y mi ejército de larvas viscosas vamos a tomar posesión de vuestros cerebros para fines secretos.

—Cinco minutos y cambiamos —dijo Zack, partiéndose de risa—. ¿Vale?

—Diez minutos —respondió Rice, yendo raudo y veloz hasta Ozzie.

—Solo nos quedan quince para reunirnos con las chicas.

Zack se acercó a los vigilantes, que yacían sin sentido en el suelo. Sus cuerpos inertes parecían dibujar las típicas siluetas de la escena de un crimen. Con cautela, Zack tocó a uno de ellos con la punta del pie. El zombi se estremeció ligeramente. Zack examinó sus cutres placas de identificación, sus camisas de poliéster, blancas y almidonadas, y los walkie-talkies que tenían sujetos al cinturón.

Se agachó lentamente, cogió ambos transmisores de radio y regresó rápidamente junto a Rice y Ozzie.

CAPÍTULO 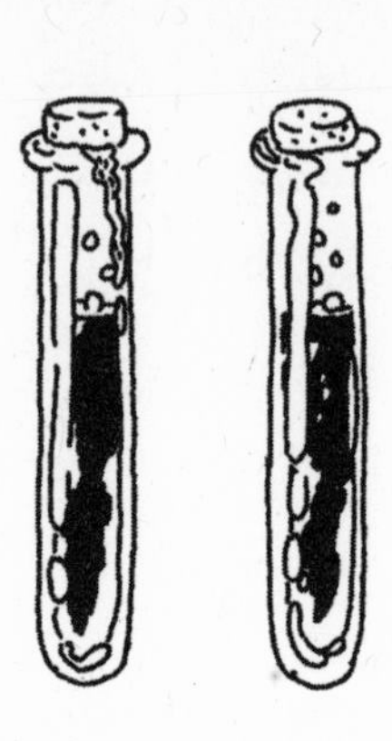

Una vez que regresaron a los ascensores, Zack esperó a las chicas y jugueteó con los transmisores. Al cabo de unos momentos, levantó la vista y miró a Rice y Ozzie, que seguían dando vueltas en los Segways.

—Ya casi me toca, chicos —les comunicó.

—¡Sí, ya lo sabemos! —contestó Rice, persiguiendo a Ozzie.

Zack pulsó el botón de un walkie-talkie y habló.

—Zaaack, soy tu padre... —Su voz salió por el altavoz del otro transmisor. Rice tenía razón: sonaba un poco lastimero.

En ese preciso instante sonó el timbre del ascensor y las puertas se abrieron. Madison y Zoe bajaron completamente emperifolladas y apestando a perfume. Zoe lucía unos elegantes zapatos de tacón, una gargantilla cara y un delicado vestido negro de noche. Madison, por su parte, iba ataviada con unos leotardos de diseño y un diminuto chaleco que le confería el aspecto de una pirata a la última moda. Sin embargo, a pesar de sus cuidados atuendos, ambas amigas parecían inquietas.

—¿Qué os pasa? —inquirió Zack, percatándose del nerviosismo de las chicas.

—Esto... —contestó Zoe, agitada— estamos en apuros.

—Pero no es culpa nuestra —se apresuró a puntualizar Madison, mientras Rice y Ozzie se acercaban con los Segways y se detenían junto a los demás.

—Veréis, todo empezó cuando quisimos buscar un jersey para *Chispitas*. Resulta que doblamos una esquina y acabamos llegando a una tienda de cosas para el hogar. De repente, esos dos chicos salieron de ninguna parte, empujando un sofá de piel.

—Empezaron que si «oye, nena», que si «hola, guapa...». Parecían muy simpáticos —prosiguió Zoe.

—¿Qué chicos? —preguntó Rice, confundido.

—Un par de estudiantes de secundaria muy guapos, con unos cortes de pelo increíbles iguales a los de Justin Bieber.

—¿Estudiantes de secundaria? —repitió Zack arrugando la nariz.

—Pues sí —contestó Madison—. Se llaman Dustin y Frankie.

—Y entonces nos pusimos a charlar con ellos —continuó Zoe.

—Sí, y cuando les contamos lo del antídoto…

—¿Les hablasteis del antídoto? —vociferó Rice.

—Fue una estupidez, ya lo sé —reconoció Madison. Zack se llevó las manos a las mejillas, sin dar crédito a lo que oía—. Bueno, pues se pusieron muy antipáticos y nos dijeron que se lo diéramos, como el tipejo ese que sale en *El Señor de los Hobbits.*

—¡Tal cual! —coincidió Madison—. Parecían hobbits con pinta de Justin Bieber.

—Y entonces esos imbéciles secuestraron a *Chispitas* y nos dijeron que si en diez minutos no volvíamos con el antídoto, ¡iban a dárselo a un amigo suyo que se ha convertido en zombi!

—Así que les dijimos que lo tenía Rice —precisó Madison.

—¿Por qué dijiste eso? —preguntó él con cara de pocos amigos—. Es tu hermano quien lo tiene.

—¿Cómo? —dijo Zack, enarcando una ceja—. Pensaba que lo tenías tú.

—¡No! —replicó Rice—. Recuerdo perfectamente habértelo dado.

—Creo que te equivocas —dijo Zack, palpándose los bolsillos con cara de preocupación.

—¡Zack! —gritó Rice, revolviendo frenéticamente su mochila—. ¡Aquí no está!

—Te estoy tomando el pelo —sonrió Zack con malicia y sacando el tubo de ensayo.

—¡No tiene gracia, capullo!

—Zack —terció Madison—, no es momento de gastar bromas. *Chispitas* corre peligro.

—Bueno, pues ¿a qué estamos esperando? —preguntó Ozzie—. ¡Vayamos a rescatarlo!

—De acuerdo, pero no vamos a darles el antídoto —aclaró Rice.

—¡Ni hablar! —bufó Zack—. Escuchadme; tengo un plan. Venid —dijo, y los condujo hasta una juguetería cercana, cuyos pasillos esta-

ban llenos de cajas, juegos de mesa, muñecos y helicópteros a control remoto—. ¿Te acuerdas del juego de ciencia que mamá y papá me regalaron cuando era pequeño? —le preguntó a su hermana.

—Te encantaba. Eso ya me hizo sospechar que acabarías siendo un bicho raro.

—¿Qué estamos haciendo aquí? —preguntó Madison.

—Necesitamos otro de estos —dijo Zack, mostrándoles el tubo de ensayo y entrando en la tienda.

Todos se pusieron a buscar entre aquel montón de juguetes, hasta que Rice sacó una caja chata y rectangular.

—¡Bingo! —exclamó, abriendo el juego. Dentro, había probetas, tubos de ensayo y pequeños sobres con sustancias químicas. Rice le entregó a Zack uno de los tubos—. Bien, ahora tenemos que rellenarlo con algo.

A Zack le vino a la mente La Botella de Ketchup Más Grande del Mundo, y se llevó a los demás hasta un puesto de perritos calientes, donde procedió a mezclar un poco de salsa de tomate con un chorrito de cola. ¡Listo! Zack vertió el mejunje en el tubo de ensayo de juguete y, a continuación, comparó el antídoto verdadero con el falso.

—Perfecto —aprobó.

Todos estuvieron de acuerdo. Los dos tubos eran casi idénticos. Ahora tenían que dar con la mejor manera de abordar a aquellos dos secuestradores de perros. Zack reparó entonces en los walkie-talkies. «Tenemos los Segways —pensó—. Y el falso antídoto.»

—Oye, Madison —dijo—. ¿Cuántos creen ellos que somos?

—Solo hemos mencionado a Rice. Ni a Ozzie ni a ti.

—Bien. Pues yo voy a hacerme pasar por él.

—¡Ja! —gruñó Rice—. No tienes ni idea de mis golpes letales.

Zack miró a su amigo con resignación y le pasó a Ozzie el otro transmisor de radio.

—Vosotros dos estaréis escuchando y nos cubriréis las espaldas —les explicó, para luego esconderse su walkie-talkie bajo la camiseta, como un agente secreto.

—Y ¿cuál es el plan? —preguntó Madison.

—Iremos a ofrecerles una tregua. Si no la aceptan, les cambiaremos el falso antídoto por *Chispitas* —contestó Zack, volviéndose hacia los chicos—. Entonces, vosotros dos entráis en acción y zanjamos el problema.

—Pareces muy confiado —comentó Zoe, enarcando una ceja con escepticismo.

—Vale, Zack —dijo Ozzie—. Podría funcionar, pero recuerda: no debes perder la calma en ningún momento.

—¡Ja! —repuso con suficiencia—. Eso es más que improbable.

CAPÍTULO

Zoe metió el carro de la compra, cargado con sus nuevas adquisiciones, en el ascensor, seguida por Zack y Madison. Zack miró a los chicos, levantó el pulgar y pulsó el botón de la tercera planta. Ozzie y Rice iban a subir en otro ascensor con los Segways.

Al cabo de unos segundos, las puertas se abrieron en la tercera y última planta.

Al salir del ascensor, a Zack el corazón le latía tan rápido y con tanta fuerza que parecía que iba a salírsele del pecho. Se palpó el bolsillo trasero del pantalón para asegurarse de que el tubo de ensayo con el falso antídoto seguía ahí y fue tras las chicas.

Mientras caminaban por la planta superior del centro comercial, pasaron junto a dos tiendas de campaña montadas frente al cine. Al otro lado de la taquilla había un adolescente zombi encerrado en el puesto de venta de galletas, que tenía la reja bajada. El zombi mordía la verja y sacudía los barrotes como un prisionero enfurecido.

Unos metros más allá, en mitad del pasillo, había dos grandes sillas de oficina de cuero marrón delante de un enorme televisor de pantalla plana. Entre los sillones, *Chispitas* gemía y rascaba la jaula transportable de metal en que estaba cautivo.

En cuanto se acercaron, Zack advirtió dos pares de manos que sostenían sendos mandos a distancia inalámbricos de una Xbox. Los adolescentes estaban jugando a *Festín de Carne 4*, el videojuego al que los padres de Zack le tenían prohibido jugar. Consistía en liquidar a tantos zombis como fuera posible.

—Ha llegado a mis oídos que me estabais buscando, chicos —dijo Zack con toda la frialdad de la que fue capaz, conteniendo la respiración en el silencio que siguió.

Los dos personajes que se movían en la pantalla dejaron de hacerlo, y en un instante fueron devorados por los zombis del videojuego. Entonces, las sillas giraron y dos chicos de unos quince años se levantaron y tiraron los mandos al suelo.

El de la derecha era alto y desgarbado y debía de medir no menos de un metro ochenta. Tenía el pelo teñido de rubio y meticulosamente despeinado, y un gran mechón de cabello dejado adrede le caía sobre el ojo izquierdo. Su cabeza estaba cubierta por la capucha de una sudadera negra estampada con el torso y la pelvis de un esqueleto, remedando una radiografía. El chico de la izquierda medía unos quince centímetros menos que su compañero, aunque aun así era más grande que Zack. Tenía rostro redondo y llevaba gafas de sol. Inclinó la cabeza, miró por encima de las lentes y sonrió.

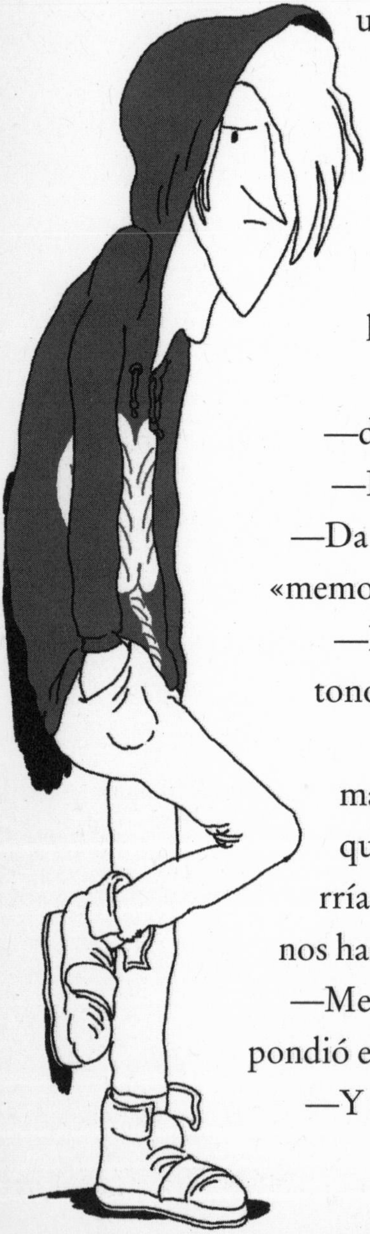

—Tú debes de ser Bryce —dijo el más bajo.

—Rice —lo corrigió Zack.

—Da igual. De momento te llamaré «memo».

—Rice el memo —dijo el alto con tono burlón.

—Ya, bueno, ¿y tú cómo te llamas? —preguntó Zack, sintiendo que una gota de sudor frío le corría por detrás de la oreja—. No nos han presentado.

—Me llamo Frankie, chaval —respondió el alto—. Frankie McFadden.

—Y yo Dustin —dijo el otro.

—Bueno, Dustin y Frankie —dijo Zack, dirigiéndose al dúo diabólico—, hemos venido por *Chispitas*.

—¿Qué son chispitas? —preguntó Frankie.

—*Chispitas* es su nombre —intervino Madison, señalando al cachorrillo enjaulado.

—Qué va —replicó Frankie—. Se llama *Brutus*.

—¡Se llama *Chispitas*! —saltó Madison—. ¡Y nos lo vais a devolver!

—Oblígame.

—Tranquilos —terció Zack, apaciguador—. Hemos venido a hablar.

—Os devolveremos al perro cuando nos deis el antídoto —dijo Dustin.

Zack tragó saliva y se secó la palma de las manos, sudadas, en los vaqueros.

—Si lo que queréis es deszombificar a vuestro amigo —dijo señalando al chico encerrado en el puesto de galletas—, podemos cambiaros una dosis por el perro.

—Eso no es exactamente lo que teníamos pensado —replicó Dustin esbozando una sonrisa malévola.

—Bueno, y ¿qué teníais pensado? —preguntó Zoe.

—Pues todavía no lo hemos decidido, capullo, pero la chica que trabaja en el cine está buenísima.

—Y la dependienta de aquella tienda de ropa —apuntó Frankie.

—Un momento —interrumpió Zack—. ¿Vuestro plan es desperdiciar el antídoto con unas chicas estúpidas? Estáis chalados.

—Deja que te explique algo, memo —dijo Dustin, haciendo crujir su cuello—. Frankie y yo no tenemos intención de salvar a todo el mundo. Tenemos todo el Mall of America para nosotros. Podríamos vivir aquí años y años sin tener que salir. Tenemos grandes planes para este sitio, así que, o nos dais la poción o despedíos del chucho.

—Lo siento, tío —contestó Zack con firmeza—. No podemos hacerlo.

—Entonces olvidaos de este bicho roñoso —dijo Dustin, sacando a *Chispitas* de la jaula.

—¡Qué dices, tío! —exclamó Madison—. ¡*Chispitas* no es ningún bicho roñoso!

—Múevete, *Brutus* —ordenó Dustin, yendo hacia el puesto de galletas con el cachorrillo.

Su amigo zombificado gruñía tras la reja. Dustin agarró a *Chispitas* por la cola, lo levantó y soltó una risotada. El perrito se puso a gañir y revolverse, indefenso, delante de las fauces del no-muerto.

—¡Suelta a mi perro, cretino! —chilló Madison.

—¿Seguro que quieres eso? —se burló Dustin, que acercó a *Chispitas* un poco más a la boca del muerto viviente, que no dejaba de rezumar líquido viscoso.

Mientras tanto, Frankie se reía como un idiota, aplaudiendo y saltando de un pie al otro.

—¡Sois vomitivos! —gritó Zoe, iracunda.

—¡Basta! —suplicó Madison, a punto de echarse a llorar.

—Mirad —se mofó Dustin—. La niñata se va a poner a llorar.

Zack no aguantó más e impulsivamente se abalanzó sobre Frankie y lo agarró de la cintura, tratando de derribarlo. Zoe y Madison se quedaron paralizadas.

—¡Zack, no! —gritaron.

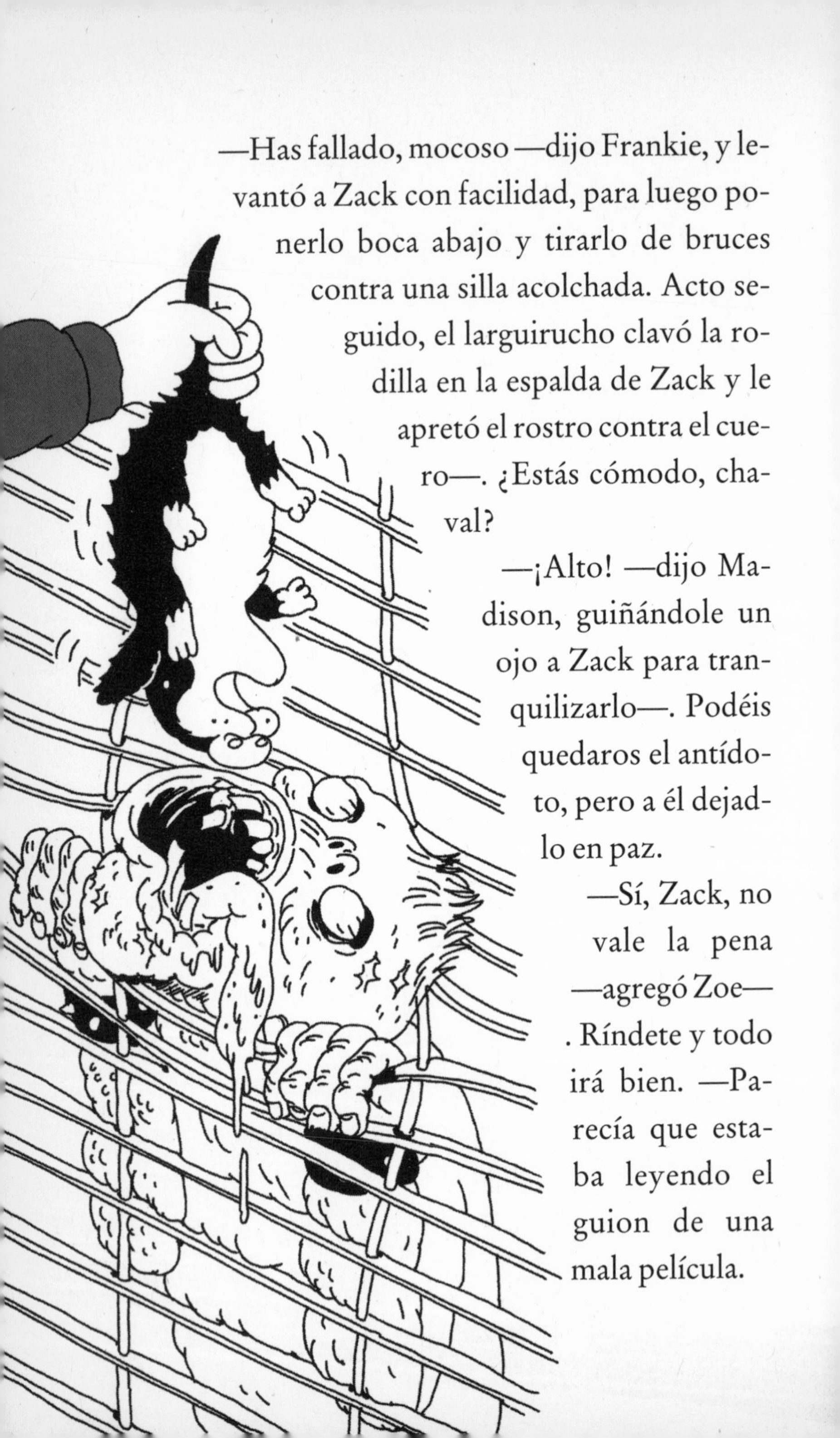

—Has fallado, mocoso —dijo Frankie, y levantó a Zack con facilidad, para luego ponerlo boca abajo y tirarlo de bruces contra una silla acolchada. Acto seguido, el larguirucho clavó la rodilla en la espalda de Zack y le apretó el rostro contra el cuero—. ¿Estás cómodo, chaval?

—¡Alto! —dijo Madison, guiñándole un ojo a Zack para tranquilizarlo—. Podéis quedaros el antídoto, pero a él dejadlo en paz.

—Sí, Zack, no vale la pena —agregó Zoe—. Ríndete y todo irá bien. —Parecía que estaba leyendo el guion de una mala película.

«Será mi hermana —pensó Zack—, pero como actriz es infumable.»

—De acuerdo —dijo él a regañadientes, sacando el tubo con el líquido rojo del bolsillo trasero—. ¡Toma!

Frankie se lo arrebató.

—Veo que por fin entráis en razón —dijo Dustin, apartándose del puesto de galletas y lanzando a *Chispitas* al suelo.

Madison ahogó un grito y recogió a su cachorro, al tiempo que fulminaba a aquel abusón con la mirada.

Frankie soltó a Zack con desidia y le dio el tubo de ensayo a Dustin, que levantó el falso antídoto y sonrió malévolamente. Su mirada daba miedo.

CAPÍTULO

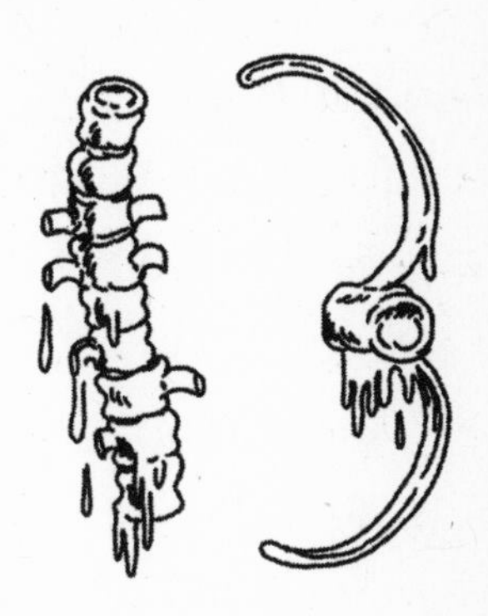

Muy bien —dijo Zack—. Ya tenéis lo que queríais. —Se volvió hacia Madison y Zoe y añadió—: Vamos, marchémonos de aquí.

—No tan rápido —lo interrumpió Dustin—. Todavía tenemos que comprobar si funciona.

El chico chasqueó los dedos e, inmediatamente, Frankie agarró a Madison, sujetándole los brazos a la espalda. *Chispitas* cayó al suelo y salió corriendo.

—¡Ay! —se quejó ella—. ¡Me haces daño, idiota!

—¡Suéltala! —exigió Zack.

Dustin destapó el tubo de ensayo, volvió a acercarse al puesto de galletas y dejó caer unas gotas en la asquerosa boca de su amigo zombi.

—No te pases, hermanito —señaló Frankie—. Deja algo para las chavalas.

—¿Cuánto tarda esto en hacer efecto? —preguntó Dustin, mientras su amigo no-muerto tragaba la mezcla de ketchup y refresco.

—Unos cinco minutos —respondió Zack, masajeándose el brazo, dolorido—. Depende.

—Bueno, pues más os vale que funcione, si es que queréis salir de aquí con la cabeza sobre los hombros —les advirtió Dustin, pasándose el dedo índice por la garganta a modo de advertencia—. No os mováis de donde estáis.

Frankie sujetó a Madison con fuerza y, junto a Dustin, prestó atención para ver si su amigo zombi experimentaba algún cambio.

—¿Dónde están Rice y Ozzie? —le susurró Zoe a su hermano.

Zack se encogió de hombros. Ya deberían estar allí.

—Ya ha pasado un minuto —anunció Dustin, mirando su reloj de pulsera.

Frankie miró a Zack con suspicacia, sin aflojar la llave con que tenía inmovilizada a Madison. Dustin olisqueó el contenido del tubo, dejó caer una gota en la yema de un dedo y la chupó.

—Ketchup —dijo, volviéndose hacia su hermano con la mirada encendida. A continuación estrelló el tubo de ensayo contra el suelo.

Frankie agarró a Madison por la muñeca y acercó la mano de la muchacha a la boca del zombi. Madison chilló y Zoe corrió a socorrerla, pero Dustin le cerró el paso. Frankie se echó a reír como un demente. Zack también intentó socorrer a su amiga, pero Dustin lo derribó de una patada.

Cuando sus dedos ya estaban a escasos centímetros de las fauces del no-muerto, Madison consiguió zafarse de Frankie, cogiéndolo del brazo y retorciéndoselo a la espalda. Ahora estaba justo detrás de él, y lo tenía de cara al zombi.

—¿Qué dices ahora, eh? —se burló ella.

Frankie apoyó la mano contra la reja y... *¡ÑAM!*

—¡Ay! ¡Me ha mordido! —exclamó Frankie, poniéndose la mano entre las rodillas y pegando un alarido.

Aprovechando el momento de confusión, Zack se puso a cuatro patas detrás de Dustin. Zoe lo vio y cargó contra el matón, que tropezó con Zack y cayó de espaldas al suelo.

—¡Corred! —gritó Zack, y todos se alejaron a toda velocidad de aquellos gamberros.

En ese preciso instante, Rice y Ozzie doblaron la esquina sobre sus Segways.

—¡Eh! —gritó Dustin, poniéndose de pie—. ¡Volved aquí!

Zack y Madison se subieron a los Segways de Rice y Ozzie, y Zoe corrió hasta el kiosco que había en mitad de la planta y se montó en la bicicleta de montaña que Rice y Ozzie habían dejado allí.

—¡Que no lleguen a los ascensores! —exclamó Dustin.

—¡Me ha mordido! —insistió Frankie, propinándole un puntapié a la reja del puesto de galletas.

—¡Pues el antídoto lo tienen ellos, subnormal!

Dustin cogió su monopatín y bajó por una escalera mecánica. Frankie, por su parte, se montó en el carrito de golf del que se habían apropiado e inició la persecución a través del gigantesco centro comercial.

Zoe pedaleaba de pie, tratando de ganar velocidad, pero Frankie, motorizado, no tardó en darle alcance. Quedaron a la misma altura. De repente, Frankie dio un volantazo para lanzarla por encima de la barandilla, pero la chica consiguió esquivarlo.

—¡Cálmate, psicópata!

Más adelante, Zack y Rice entraron en uno de los ascensores, seguidos de Madison, Ozzie, *Chispitas* y el arsenal que iba en el carro de la compra.

—¡Suelta la bici, Zoe! —gritó Madison.

A escasos pasos de Frankie, Zoe frenó en seco, saltó de la bicicleta y corrió hasta el ascensor. Zack pulsó frenéticamente el botón de cierre de puertas.

Frankie pisó el acelerador a fondo, arrastrando por delante la bicicleta y empujándola hacia el ascensor.

—¡Cerraos de una vez! —rogó Zack.

Las puertas lo hicieron en el último instante, y Frankie estrelló el carro y la bicicleta contra ellas con un estruendo atronador.

¡DING!

Las puertas volvieron a abrirse y el matón larguirucho metió un pie para que no volvieran a cerrarse.

—Ahora sí que estáis en serios problemas —dijo, apartando la bicicleta—. Bueno, ¿quién sale primero? —preguntó, moviendo el dedo índice de lado a lado.

—¡Puaj! —soltó Madison, señalando la mordedura que el adolescente tenía en el dedo—. Estás sangrando.

—¡Dame el antídoto, enano! —ordenó Frankie a Zack—. El auténtico.

Chispitas gruñó, mostrando sus menudos colmillos de cachorro. Antes de que Frankie pudiera dar otro paso, el perrito saltó de los brazos de Madison y se abalanzó sobre el matón, mordiéndole la bragueta. Frankie aulló y trató de quitarse al animal de encima. Cayó de rodillas al suelo y levantó la vista, desesperado. Ahora estaba cara a cara con Zack, que acababa de sacar un reluciente guante de boxeo rojo del carro de la compra y le soltó un puñetazo en toda la nariz, mandándolo de vuelta al pasillo y haciéndolo caer al suelo. La mano de Frankie se había hinchado y llenado de venas verdosas que, poco a poco, iban tomando el resto del brazo.

Las puertas volvieron a cerrarse y Zoe le dio una palmadita en la espalda a su hermano.

—¡Buen golpe, hermanito! —lo felicitó.

—No podría haberlo hecho sin la ayuda de *Chispitas* —dijo él, rascándole la cabeza al cachorro—. Eso sí ha sido un golpe bajo, pequeñín.

El ascensor descendió y se detuvo en la primera planta. «Yo he pulsado el botón de la planta baja —pensó Zack—; ¿qué diablos ocurre aquí?»

—¡Groaargh!

Los guardias de seguridad zombis entraron dando tumbos en el ascensor, accionando el sensor de apertura de las puertas. Rice empujó el carro de la compra con fuerza y los mandó de nuevo al pasillo.

Ozzie salió disparado con su Segway y se detuvo entre los dos vigilantes. Ellos se abalanzaron sobre el vehículo, pero Ozzie empezó a girar sobre sí mismo a toda velocidad, como un motorista profesional al finalizar su itinerario. Levantó la pierna escayolada y la estrelló sucesivamente sobre los rostros de los no-muertos, hasta detenerse. Los zombis se tambalea-

ron un instante para, acto seguido, derrumbarse sobre el suelo y dejar un charco viscoso.

Todos contemplaron boquiabiertos las dotes para las artes marciales de Ozzie, que hizo una reverencia y regresó al interior del ascensor, junto a ellos.

Justo entonces, Zack vio que, al otro extremo del centro comercial, Dustin levantaba la persiana de una tienda repleta de muertos vivientes.

—¡Sois libres! —exclamó el hermano de Frankie, haciendo un gesto con la mano.

Los repulsivos y voraces clientes salieron en tromba del local y se dispersaron por la primera planta.

—¡Ese Dustin ha perdido el juicio! —exclamó Zack, y volvió a pulsar el botón de la planta baja.

El ascensor bajó, y cuando las puertas volvieron a abrirse, vieron que estaba todo lleno de zombis: empleados de las tiendas, compradores, gente que había ido al cine y gente que simplemente quería dar una vuelta. Obviamente, los cinco amigos no podían enfrentarse a tantos no-muertos, así que solo quedaba una opción.

—¡Cierra las puertas, Zack! ¡Rápido! —ordenó Rice en cuanto los zombis volvieron sus cabezas hacia el ascensor.

Zack pulsó el botón del subsuelo, y cuando las puertas se abrieron en este, una tromba de agua los cubrió hasta la cintura.

—¡Ay! —gritó Madison—. ¿Qué demonios pasa aquí?

—Mecachis —farfulló Zoe, recogiéndose el vestido—. Esto solo puede lavarse en seco.

Al otro lado del pasillo había un gran cartel luminoso que rezaba: AVENTURAS SUBMARINAS.

—Uau —dijo Rice, abriendo los ojos de par en par—. ¡No sabía que había un acuario!

—En marcha —ordenó Ozzie—. Tiene que haber alguna salida.

—Y ¿qué vamos a hacer con todo lo que hemos cogido? —preguntó Zack, señalando el carro de la compra lleno de artículos deportivos.

—Nos llevaremos lo que podamos —respondió Ozzie, y abrió dos bolsos de deporte que los demás procedieron a llenar con bates, raquetas, cascos y protecciones.

Zack y Rice se cargaron los bolsos al hombro, mientras que Ozzie se puso en marcha entre Madison y Zoe, ayudándose con las muletas y avanzando por el pasillo, oscuro e inundado.

A medio camino, Rice se detuvo y se fijó en el

rótulo informativo que había en una pared, junto a una de las ventanas del acuario, reventada.

—¿Qué haces, Rice? —preguntó Zack.

—Que nadie se mueva —contestó Rice, visiblemente asustado.

—¿Por qué? —quiso saber Madison, deteniéndose en seco.

—Aquí hay tiburones —informó Rice con toda la calma de la que fue capaz.

En aquel preciso instante, algo se movió dentro del agua.

—¡Dios mío! —chilló Madison—. ¡Acabo de ver una aleta!

—Que no cunda el pánico —sugirió Rice—. Tenemos que movernos muy despacio. A los tiburones los atraen los movimientos rápidos.

Algo rozó la pierna de Zack, que se estremeció y siguió andando.

Rice se puso a tararear la música de la película *Tiburón*.

—Tío, cállate —espetó Zack—. Ahora no.

—Perdón.

—¡Bluargh! —gruñó un zombi, que emergió del agua con el cuerpo cubierto de algas.

—¡Aaah! —gritó Zoe.

El muerto viviente volvió a zambullirse, salpicando en todas direcciones. Zoe levantó un bate de béisbol y esperó a que el engendro volviera a salir.

—¡Roarrg!

El monstruo volvió a la superficie y Zoe le atizó sin miramientos en todo el morro, mandándolo de nuevo al fondo de la laguna zombi.

—¿Dónde está *Chispitas*? —preguntó Madison, dirigiéndose lentamente hacia la salida de emergencia, que estaba al fondo del recinto.

—¡Guau! —ladró el cachorrillo, nadando detrás de ella. Madison lo sacó del agua, y *Chispitas* se lo agradeció con otro ladrido.

—¡Silencio! —susurró Rice, llevándose el dedo índice a los labios—. Dile a ese cebo para tiburones que cierre el pico.

Entraron en un túnel que tenía el techo curvado y de vidrio, y que pasaba por debajo de la zona de los tiburones. Parecía que estuvieran andando por el lecho marino. De repente, un tiburón zombi con hileras de afiladísimos dientes golpeó el cristal con el morro y todo el techo tembló.

—Démonos prisa —dijo Rice, contemplando al monstruoso depredador—. No quiero tenérmelas que ver con tiburones zombis, por muy alucinantes que sean.

En cuanto Rice, Ozzie, Zack, Madison y *Chispitas* llegaron a la puerta, el agua volvió a agitarse bajo la superficie. De repente, algo arrastró a Zoe, que

soltó un alarido. Al cabo de unos instantes, la muchacha salió del agua boqueando, empapada y meneando la cabeza. Un zombi la había agarrado por el pelo.

—¡Ya voy, Zoe! —exclamó Madison, dejando a *Chispitas* en brazos de Rice para zambullirse, a la vez que un tiburón se dirigía hacia su amiga y el zombi.

Justo antes de que Madison alcanzara a Zoe, el escualo surgió a la superficie con la boca abierta.

—¡Nooo! —gritó Madison, temiéndose lo peor.

Saltó sangre oscura por todas partes, y Zoe pegó un chillido ensordecedor.

—¡¡Aaaah!!

El tiburón atrapó al zombi, cuyo brazo amputado seguía sin soltar la melena de Zoe.

Madison y ella chillaron a la vez y a continuación... *¡CRAC!* El techo transparente del acuario empezó a rajarse.

—¡Cuidado! —exclamó Zack.

Rice fue rápidamente hacia las chicas.

—¡Entretente con esto, monstruo asqueroso! —dijo, soltando el brazo del pelo de Zoe y lanzándoselo al tiburón.

Madison cogió a su amiga de la mano y la condujo hacia la salida. Rice se volvió una última vez y vio que el tiburón zombi chocaba violentamente contra el vidrio.

El estanque principal del acuario acabó por quebrarse, vertiendo miles de litros de agua infestada de escualos en el subsuelo.

—¡Moveos! —gritó Ozzie, tratando de hacerse oír por encima del rugido de la cascada.

Al fin, los cinco amigos consiguieron subir por la escalera de emergencia, mientras el nivel del agua crecía debajo de ellos.

CAPÍTULO

Ozzie abrió la puerta de un empujón y el agua que inundaba el subsuelo salió al exterior.

Rice se puso de pie y dejó a *Chispitas* en el suelo.

—¡Qué locura! —exclamó.

—¿Por qué habéis tardado tanto en llegar, tíos? —preguntó Zack, resollando.

Rice se dio un toquecito en la cabeza con el dedo y metió la mano en el bolsillo de su mochila. Sacó un iPhone nuevecito y se lo apoyó en el pecho.

—¡Está seco!

Zack sacudió la cabeza; debería habérselo imaginado.

Zoe se sacudió las algas de los brazos, mientras Madison se sacaba el agua que le había entrado en los oídos.

—No pienso volver a este centro comercial nunca más —dijo la primera.

«Claro, y yo me lo creo», pensó Zack, corriendo hacia donde habían aparcado la autocaravana.

Mientras los demás subían al vehículo, Zack volvió la vista hacia la entrada del centro comercial. Las puertas se abrieron de golpe y Dustin salió corriendo, perseguido por una horda de muertos vivientes. El matón forcejeaba con una mamá de mediana edad zombificada que lo agarraba del brazo. Dustin se volvió y mandó a la mujer al suelo. A continuación, levantó la vista y miró a Zack.

—¡Vamos, vamos! —exclamó el chico, viendo que Dustin se dirigía hacia la Winnebago.

Ozzie encendió el motor y Zack subió a la caravana. En cuanto salieron de allí, Zack fue hasta la parte trasera del vehículo y miró por la ventanilla; afortunadamente, Dustin había desaparecido.

—¿Qué sucede, Zack? —preguntó Rice.

Plam, dong, toc.

—¡Está aquí arriba! —contestó Zack, mirando al techo.

—¿Quién? —preguntó Ozzie.

—Dustin.

Ozzie aminoró y se detuvo en una calle desierta.

—¿Qué estás haciendo?

—Ya no tiene quien le guarde las espaldas —dijo Ozzie—. Venid.

Los cinco amigos se apearon y vieron a Dustin tendido sobre el techo.

—¡Baja ya mismo de ahí, gamberro! —ordenó Ozzie, señalándolo con la muleta.

—¿Por qué no me bajas tú?

—Ahora mismo, imbécil —dijo Madison—. Somos cinco contra uno. —*Chispitas* ladró—. Seis.

Dustin titubeó un instante y, sin apartar la vista de ellos, se lo pensó mejor y bajó del techo de la Winnebago. Tenía el cabello empapado en sudor y la ropa hecha jirones.

—¿Dónde está Frankie? —inquirió.

—Se ha convertido en zombi —le informó Zack.

—Y todo por comportaros como idiotas y secuestrar a nuestro cachorro —le recordó Zoe.

—Que te vaya bien, cretino —se despidió Madison, haciéndose una coleta y sacando la lengua—. Vámonos de una vez.

—Esperad, esperad... Dejad que os acompañe —suplicó Dustin con voz lastimera.

—No eres de fiar, tío —contestó Zack—. Lo entiendes, ¿verdad?

—Seré bueno, lo prometo —aseguró Dustin, arrodillándose en actitud suplicante.

—Tengo una idea —dijo Zoe—. Dejemos que sea *Chispitas* quien decida.

—Vale —repuso el matón, gateando hacia el perrito—. Sálvame y lo olvidamos todo, ¿eh, colega?

Chispitas le enseñó los dientes y se puso a rugir furiosamente. Había dictado sentencia.

Dustin resopló, incrédulo.

—Entonces, ¿vais a dejarme morir aquí solo?

—Bueno, parece que ya te has encargado de eso —comentó Rice, señalando el dorso del brazo de Dustin—. Mejor dicho, de estar muerto en vida.

—¿Eh? —Dustin levantó el codo, miró debajo del

brazo y vio que tenía el diente de un zombi clavado en la piel, como una astilla—. ¡Aaaah! Qué diablos... —Hizo una mueca de pánico y se arrancó el podrido incisivo del brazo—. ¡Esperad! —imploró—. Vosotros tenéis el antídoto.

—Hummm —refunfuñó Zoe—. No queremos desperdiciarlo.

—Solo una dosis. Venga, os lo ruego —insistió Dustin, y se arrodilló y se puso a besar las zapatillas nuevas de Zack.

—Dásela y marchémonos de aquí —decidió Zack, apartando el pie—. Me estoy poniendo enfermo solo de verlo.

—Muy bien, pedazo de imbécil —dijo Madison al matón—. Pon las manos a la espalda y abre la boca.

Rice abrió la cremallera de su mochila y rebuscó en el interior.

—Mmm... —murmuró, levantando la vista y frunciendo el ceño.

—¿Qué pasa? —preguntó Zack.

Rice sacó el tubo de ensayo con el antídoto. Solo quedaban unas pocas gotas.

—Al menos queda algo —dijo Rice tímidamente, tratando de ver el lado positivo de la situación.

Zack contempló el tubo de ensayo casi vacío, y una

creciente sensación de pavor se instaló en su pecho.

—¿Cómo ha podido ocurrir? —balbució.

—El tapón debe de haberse aflojado —supuso Rice.

—Bueno, ya lo has oído —dijo Dustin—. Todavía queda algo. Deja que... ¡Aaaagggh!

De repente, en su cuello surgieron vetas rojas y su piel adoptó un tono verduzco. El matón, definitivamente zombificado, cayó de rodillas al suelo y empezó a echar espuma por la boca, para, instantes después, desplomarse sobre el pavimento.

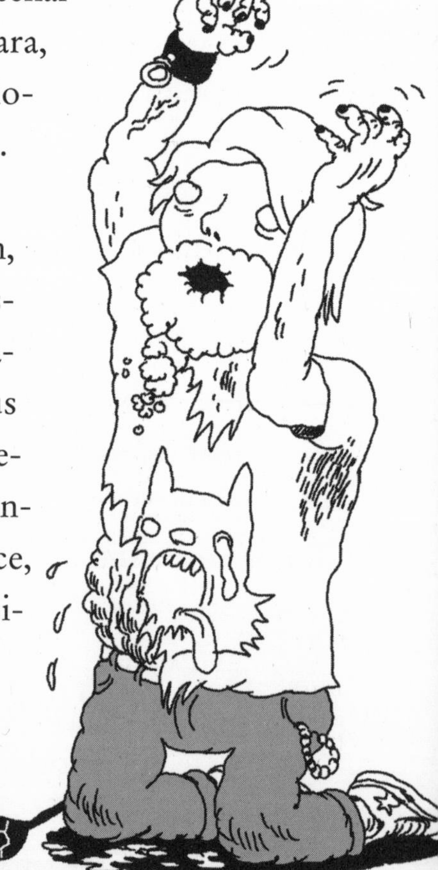

Rice se acercó a él.

—¿Te encuentras bien, colega? —preguntó. Dustin giró el cuello repentinamente, dejando ver sus ojos, en blanco, que despedían pura maldad—. Supongo que no... —dijo Rice, para luego soltar unas risitas y apartarse del zombi.

—¡Groargg! —gruñó

Dustin, levantándose y yendo hacia ellos como un perro rabioso.

Zoe decidió actuar. Fue hasta el no-muerto, lo agarró de la muñeca y, con un ágil movimiento, le retorció el brazo a la espalda y le hizo una zancadilla, volviendo a derribarlo.

—¡Vamos! —exclamó, y corrió hacia la autocaravana—. ¡Larguémonos!

—Me recordaba un poco a Greg —dijo Rice una vez de regreso en la Winnebago, abrochándose el cinturón—. Ahí, en el techo.

—Esos dos eran peores que Bansal-Jones —apuntó Zoe.

—Me pregunto qué estará haciendo Greg en estos momentos —dijo Madison—. ¿Creéis que seguirá en la base militar?

—Probablemente seguirá chupándose el dedo —bromeó Ozzie.

—Vale, tíos —intervino Zack, poniéndose serio—. No más paradas hasta Montana, ¿de acuerdo?

—¡De acuerdo!

Pasaba de la medianoche y casi todos dormían. Madison conducía y Zack, en el asiento contiguo, acariciaba nerviosamente a *Chispitas*, al que llevaba en el regazo.

—¿Estás bien? —preguntó ella, bostezando.

Zack se encogió de hombros y miró por la ventanilla, apoyando la barbilla en la palma de la mano, ausente. Estaban cruzando las llanuras de Dakota en dirección a Montana. Lo cierto era que no sabía qué pensar. Había demasiadas incógnitas. Los hechos eran confusos, y ahora que solamente les quedaban cuatro gotas de la única cura conocida, ¿qué pasaría si no era suficiente? ¿Y si Madison no era capaz de elaborar más antídoto? Prefería no pensar en eso. Al menos, no en ese momento.

—Todo irá bien, Zack —dijo Madison, como si le hubiese leído la mente—. Yo también estoy preocupada.

—¿De veras? —preguntó él, mirando a la chica, otrora malvada y ya casi reformada—. Tú nunca pareces preocuparte por nada.

—Me refiero a que no tengo la menor idea de dónde se encuentran mis padres ahora mismo.

—Puede que hayan conseguido llegar a Tucson —aventuró Zack.

—¿Qué más da? —repuso Madison, impertérrita—. Lo más probable es que se hayan convertido en zombis.

—¿Qué te hicieron en Washington? —preguntó Zack, cambiando de tema.

—¿Los zombis te parecen malos? —dijo Madison—. Pues esos científicos eran peores que vampiros.

—Vaya, lo siento.

Madison no despegaba la vista de la carretera.

—Hicieron lo mismo en Tucson —explicó—. Cogieron unas cuantas muestras para ellos y luego me metieron en el helicóptero. Ahora ya no puedo ayudar a nadie.

—Un momento —dijo Zack—. ¿Queda antídoto en Tucson?

—Supongo, a menos que ya lo hayan usado.

Madison chilló y pegó un volantazo. La caravana patinó y casi estuvo a punto de volcar, pero Madison consiguió detenerla en mitad de la carretera.

—Madison, ¿qué demonios haces? —dijo Zack, apoyando la mano en el salpicadero.

—¿Has visto eso? —dijo ella, visiblemente asustada.

—¿El qué?

—Creo que era un zombi... O tal vez un ciervo. —Madison volvió a bostezar y algo más captó su atención. Miró rápidamente a ambos lados de la carretera—. ¿Qué ha sido eso?

—¿Qué ha sido qué?

—¿No lo has oído?

Zack prestó atención, pero no logró oír nada. Entonces una mano le tocó el hombro, y Zack volvió la cabeza hacia atrás.

Ozzie lo miraba con ojos soñolientos.

—Creo que estamos todos demasiado cansados, Zack. Deberíamos parar a dormir.

—Ya.

—Además, parece un buen lugar para pasar la noche —añadió Ozzie, viendo la planicie desolada en que se encontraban—. Aquí no hay ni rastro de zombis.

Madison estacionó el vehículo a un lado del camino y miró a los chicos.

—Os juro que no me he vuelto loca. He visto algo.

«Bah, ve visiones», pensó Zack. Miró por la ventanilla, contempló el paisaje y cerró los ojos.

Se despertó deslumbrado por la refulgente luz del sol que entraba por el parabrisas. Se incorporó en el asiento y se restregó los ojos.

Rice y Ozzie estaban fuera, calentando y practicando artes marciales, mientras Zoe y Madison preparaban palomitas en el microondas que había en la parte trasera de la Winnebago.

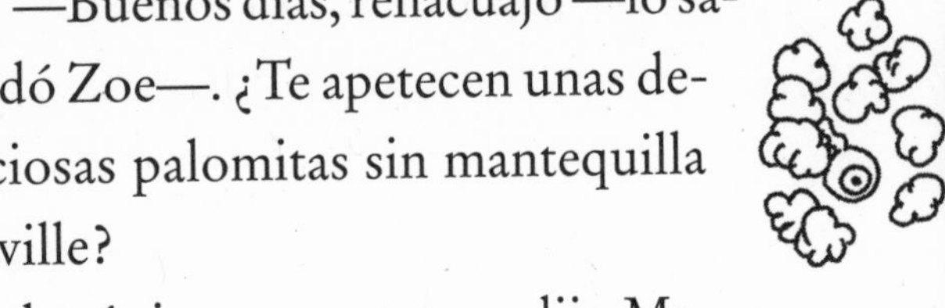

—Buenos días, renacuajo —lo saludó Zoe—. ¿Te apetecen unas deliciosas palomitas sin mantequilla Orville?

—Son las únicas que como —dijo Madison.

—¿Dónde están los pastelitos de chocolate? —preguntó Zack, sacándose una legaña del ojo.

—Ya no quedan —contestó Zoe.

—¿Cómo dices? Pero ¡si había cuatro cajas!

—Díselo a tu amigo —repuso Madison.

Rice y Ozzie volvieron a la autocaravana, sudados tras el ejercicio.

—Uff —resopló Rice, dolorido—. Ser un ninja no es coser y cantar.

—Sí, hay que entrenar duro —dijo Ozzie, tumbándose en el suelo para apoyar la pierna escayolada en un asiento—. Pero lo conseguirás, Rice. Tienes la actitud adecuada.

—¿Es tan duro como comerse cuatro cajas de pastelitos? —ironizó Zack.

—Solo me he comido dos —se defendió Rice—. Zoe se ha zampado el resto.

Zack miró a su hermana, que se encogió de hombros.

—Tenía hambre.

—Vale, da igual —dijo Zack—. ¿Ya podemos ponernos en marcha?

—Cuando quieras.

—Avisadme cuando lleguemos a donde está Duplessis —dijo Zoe, poniéndose un antifaz para dormir—. Necesito descansar un poco. Va bien para el cutis.

—Claro —se mofó Zack.

Zoe le dio con la almohada en la cabeza.

—¿Adónde vamos? —preguntó Ozzie, encendiendo el motor.

—Espera —respondió Rice, que buscó la situación del rancho BurguerDog en su nuevo iPhone. Señaló la autopista que iba al oeste.

Ozzie volvió a salir a la carretera, levantando una nube de polvo en dirección a las áridas tierras de Montana.

CAPÍTULO

Condujeron durante horas hacia las escabrosas cadenas montañosas que se divisaban a lo lejos, hasta que dieron con una carretera de acceso al rancho donde BurguerDog tenía su ganado.

—Chicos, creo que hemos llegado —anunció Rice, consultando su teléfono inteligente.

Doblaron a la izquierda y, de pronto, se hallaron avanzando por una pradera interminable, vallada y llena de ganado. Había vacas pastando y mugiendo por doquier. Cuando se adentraron lo suficiente en la propiedad, Zack pudo ver de cerca los cerdos bovinos de Duplessis.

Aquellos animales modificados genéticamente tenían grandes morros de cerdo, pero cornamenta de vaca. Cuerpos obesos con piel de vaca y colas largas y ensortijadas. Las bestias mutantes resoplaban y golpeaban el suelo con sus pezuñas. Algunas tenían dos morros y un único y ciclópeo ojo en medio.

—Puaj —dijo Zoe, asqueada—. Y pensar que tú te has comido uno de esos bichos, hermanito.

—Tengo la sensación de que este lugar no va a gustarme nada —dijo Madison.

Más allá de la entrada principal, una multitud de zombis humanos vagaban entre el ganado, que también había sido zombificado.

Ozzie dirigió la Winnebago por un camino aledaño que rodeaba el complejo principal, y se detuvo junto a un gran depósito rectangular de color azul.

—Preparaos —indicó Ozzie, apagando el motor y apeándose.

Los demás procedieron a equiparse con cascos y corazas de fútbol americano, y a armarse con bates y demás objetos contundentes obtenidos en el centro comercial. En la parte trasera, junto a las plataformas de carga, había una puerta que se abría mediante un lector de tarjetas magnéticas.

—Esperad aquí —dijo Zack, y corrió hacia el alambrado, donde había un empleado de la fábrica de BurguerDog—. Gracias, señor Pendleton —dijo, arrebatándole la identificación que el zombi tenía sujeta al bolsillo de la camisa.

—¡Zack, cuidado! —exclamó Rice.

Zack miró detrás del no-muerto y vio que uno de los cerdos bovinos arremetía contra él. Consiguió apartarse de la valla justo antes de que la bestia mutante arrollara al señor Pendleton y embistiera los postes del alambrado. Zack emprendió el regreso a la entrada de la planta procesadora, al tiempo que el trabajador y el cerdo bovino pasaban por encima de la verja y salían en su persecución.

Zack pasó la tarjeta magnética y la luz roja del dispositivo se volvió verde.

—Allá vamos —anunció Zoe, tapándose la nariz y cruzando el umbral.

Accedieron a un pasillo poco iluminado, cuyas luces de emergencia titilaban. Unos metros más adelante, un cerdo bovino siamés cuyos dos cuerpos, uno de cerdo y otro de vaca, estaban unidos por la cabeza, avanzó hacia ellos moviéndose sobre sus ocho patas, como si fuese una gigantesca araña mamífera. Era algo verdaderamente horrendo.

—Qué asco —dijo Madison—. ¡Por el otro lado!

Sin perder tiempo, se metieron por otro pasillo reforzado con cemento, adentrándose más y más en la factoría, hasta que se toparon con una densa masa de zombis que caminaba hacia ellos espasmódicamente. Había vaqueros ataviados con los típicos sombreros, envasadores de carne con cascos blancos y operarios con redecillas para el pelo y barbijos, avanzando sin ton ni son en diferentes direcciones, mientras movían sus mortíferas garras.

Zack se detuvo de golpe al ver que los no-muertos posaban sus ojos de reptil en ellos y goteaban viscosas babas verdes.

—¡Por aquí! —gritó Ozzie, tras lo cual atravesa-

ron varios pasillos idénticos, hasta que llegaron a una puerta en la que se leía: SALA DE PRUEBAS.

Abrieron las puertas de vaivén y se encontraron en una estrecha y elevada pasarela, casi tres metros por encima de un enorme recinto por el cual, de un lado a otro, corrían cintas transportadoras. En las altas y lisas paredes de cemento colgaban carteles que pedían precaución. Por todas partes se veían carretillas elevadoras cargadas con cajas y más cajas de hamburguesas putrefactas.

De repente, las puertas se abrieron y la horda de técnicos de laboratorio, vaqueros y envasadores de carne zombis irrumpió a trompicones en la pasarela.

Los cinco amigos salieron corriendo y bajaron por una escalera hasta un nivel inferior. Más adelante, otra escalera conducía a la planta baja; estaba cubierta de asquerosas babas y secreciones de los cerdos bovinos. Las hamburguesas se retorcían y saltaban de las cintas transportadoras.

La legión de trabajadores y vaqueros zombis empezó a caer escaleras abajo, cual cascada de muertos vivientes.

—¡Vamos! —exclamó Zack.

Ozzie, que iba el primero, llegó a la planta baja ayudándose con las muletas.

Una vez que llegaban al suelo, los pedazos de carne cruda se iban uniendo entre ellos y reptaban hacia el mismo lugar. En mitad de la sala se alzaba, imponente, una colosal masa viscosa hecha de carne podrida.

Los amigos se detuvieron de golpe. Zoe se tapó la boca y la nariz, a punto de vomitar. *Chispitas* olisqueó la ingente bola de carne y puso mala cara. Zack volvió la vista hacia los zombis, que estaban cada vez más cerca.

A medida que fue creciendo, el mazacote, que ya debía de medir unos dos metros, fue tomando forma, hasta que le salieron brazos y piernas hechas de carne putrefacta y pestilente. Rice contempló aquella gigantesca albóndiga zombi con extremidades sin poder articular palabra.

—Esto es lo más repugnante que he visto en mi vida —dijo Ozzie.

El repulsivo y mohoso monstruo dio un paso adelante.

—¡Salgamos de aquí! —chilló Zack, y corrió hacia el otro extremo de la sala, pero una carretilla elevadora amarilla bloqueaba la salida de emergencia.

Los trabajadores de BurguerDog iban detrás del

monstruoso engendro hecho de hamburguesas caducadas.

—¡Ay! —aulló Rice—. ¡Algo me ha mordido!

—¡No te ha mordido nada! —gritó Zack, perdiendo la paciencia.

—Hablo en serio —aseguró Rice, que se agachó y se levantó la pernera del pantalón—. ¡Uuugggh!

Un trozo de carne de BurguerDog con forma de babosa se había aferrado a su pantorrilla como una sanguijuela. Rice se la arrancó.

—¡Puajj! —exclamó Madison, tapándose los ojos.

Zack vio que un espeso reguero de sangre oscura bajaba por el gemelo de su amigo. Era evidente que no fingía.

—¡Eh! —exclamó Ozzie, señalando al monstruo de carne zombi, al cual le habían salido tres largas falanges de cada brazo. El gigante se puso a agitar sus abominables manos, moviendo los dedos, que parecían tentáculos.

—Rice —dijo Zack—, salgamos de... —No pudo terminar la frase, sacudido por un terrorífico espasmo.

—Colega —murmuró aquel, mirándolo fijamente—. Convertirse en zombi mola menos de lo que suponía.

Rice puso los ojos en blanco y estuvo a punto de desplomarse, pero Zack lo sujetó antes de que cayera, hincando una rodilla en el suelo y sosteniéndolo con la pierna.

Rice era un peso muerto.

Vamos, Zack! —gritó Zoe—. ¡Deberíamos haber salido de aquí hace rato!

—¡El monstruo de las hamburguesas va a devorarnos! —chilló Madison—. ¡No pienso morir de esta manera!

El engendro de carne podrida avanzó hacia ellos, aplastando sus enormes y repugnantes pies con cada paso, mientras el ejército de zombis se arremolinaba en torno a él. Los rugidos y lamentos eran inhumanos y ensordecedores.

Zack liberó a Rice de su mochila y lo sentó en el suelo.

—¡Ni se te ocurra darle el antídoto! —le advirtió Zoe.

—¡No pensaba hacerlo! Pero no podemos dejarlo aquí. Echadme una mano.

Zoe y Madison ayudaron a Zack a arrastrar a Rice por la puerta, mientras Ozzie se montaba en una carretilla elevadora y encendía el motor.

La mole de hamburguesas dio un largo paso hacia la salida y lanzó su pútrido brazo sobre la puerta.

Ozzie giró el vehículo y levantó las horquillas bien arriba. Entonces pisó el acelerador a fondo y se lanzó contra el gigante de carne putrefacta. Desde el umbral, Zack vio que Ozzie se estampaba contra el monstruo, haciéndolo pedazos y estrellándose contra la pared.

—¡Ozzie! —gritó Zack sosteniendo la puerta para su amigo—. ¡Date prisa!

Ozzie se bajó de la carretilla y escapó de la horda de zombis dando saltos sobre las muletas. En cuanto su amigo estuvo a salvo, Zack cerró de un portazo.

Una vez en el pasillo, una desagradable erupción cutánea fue subiendo por el cuello de Rice, que palideció hasta ponerse amarillo.

—¡Dadle un trago de bebida energética! —sugirió Ozzie.

—Todavía no —contestó Zack—. Mejor no tener que arrastrarlo.

En ese momento, Rice abrió sus ojos de zombi y Zack bajó la máscara protectora del casco de fútbol americano de su amigo, para evitar que pudiera morderlos.

Zack le puso la vieja correa de perro y lo sujetó mientras iban recorriendo el laberinto de pasillos. De repente, un fornido vaquero no-muerto les cortó el paso.

—¡Grooargh! —rugió.

Sin vacilar un instante, Ozzie metió una de sus muletas entre las piernas del zombi, que cayó al suelo con un crujido de huesos.

—¡Vamos, Rice! —dijo Zack, metiéndole prisa a su zombificado amigo, que gruñó y avanzó algo más rápido.

Doblaron a la izquierda por un pasillo vacío al final del cual había un letrero de SALIDA. Zoe tomó la delantera y abrió la puerta.

—¡Daos prisa, que ya vienen! —gritó.

Dos grupos de muertos vivientes convergieron detrás de ellos, seguidos por un rebaño de cerdos bovinos que apareció por la esquina.

Era todo o nada.

—¡Vamos, Rice! —exclamó Zack, tirando de él con tanta fuerza que su amigo dio con el casco en el suelo.

Madison agarró la correa y, junto a Zack, arrastró a Rice por el pasillo todo lo rápido que pudo.

—¡¡Groooaaar!! —bramaron los zombis, apelotonándose frente a la salida justo cuando los pies de Rice cruzaban el umbral.

La puerta de emergencia se cerró.

Por fin en el exterior de la fábrica, el grupo de amigos pudo detenerse un momento y recobrar el aliento.

Zack levantó la vista y divisó una mansión de madera blanca en lo alto de una colina.

—¡Allí arriba! —exclamó en el instante que la horda de envasadores de carne zombis salía por la puerta.

Chispitas salió disparado hacia la casa, seguido por todos los amigos, que corrieron camino arriba. Zack se aseguró de que el zombi de su amigo no cayera por el barranco que había a lo largo de la carretera, y vio que de la boca de Rice empezaba a emanar el habitual fluido verde y viscoso.

Más atrás, la legión de comedores de carne humana comenzaba a ascender por la colina.

En la cima, la mansión, de estilo colonial, estaba enclavada en la superficie rocosa de la montaña. A la izquierda de la parte superior de la casa se veía una larga ventana en un muro de piedra. Parecía un laboratorio.

Zack soltó la correa de Rice y subió corriendo los escalones de la mansión. Una vez arriba, pulsó el botón del interfono, pero no hubo respuesta.

—¡Abra, Duplessis! —gritó.

—¡Eh! —exclamó Ozzie, señalando la ventana del laboratorio. Alguien los estaba observando.

—Somos del departamento de Salud Pública —dijo Zack, volviendo a hablar por el interfono—. Tenemos algunas quejas.

El hombre desapareció.

Los cinco amigos estaban a las puertas de la casa, viendo como los zombis se acercaban.

—¿Baja o no baja? —preguntó Zoe.

—¿Cómo quieres que lo sepa? —replicó su hermano encogiéndose de hombros.

Rice cogió a Zoe del brazo y trató de morderla a través de la máscara protectora, pero ella lo atizó en el casco y él la soltó.

—¡Rice, malo! —lo reprendió Zoe.

Zack y Ozzie fueron en direcciones opuestas, asomándose a todas las ventanas, mientras Madison y Zoe aporreaban la puerta, a la vez que gritaban y tocaban el timbre. Rice también gruñía y se lamentaba, pero por otras razones.

La marea de muertos vivientes estaba a menos de veinte metros.

—¿Qué hacemos? —preguntó Madison.

Los empleados zombis ascendían lentamente por el camino de entrada a la mansión, cuando se abrió la mirilla de la puerta.

—¡Madre mía! —dijo una voz desde el interior.

—¡Déjenos entrar, señor! —gritó Zack.

Se oyó el sonido del pestillo y la cerradura. La puerta se abrió levemente y los cinco amigos entraron en tromba, cerrando de inmediato.

Thadeus Duplessis era bajito y llevaba una pulcra bata blanca de laboratorio. Tenía un cabello oscuro veteado de mechones grises, de punta y hacia los lados. Era como si tuviese tres mofetas en la cabeza con las colas levantadas. En la frente tenía sujetas unas gafas protectoras que lo hacían parecer una especie de insecto de cuatro ojos.

—Menuda pinta de empollón —murmuró Madison, poniendo los ojos en blanco.

Duplessis volvió a acercarse a la mirilla y vio que los zombis venían directos a la casa.

—¿Qué habéis hecho? —dijo meneando la cabeza—. ¡Los habéis liberado!

—¿Que qué hemos hecho nosotros? ¡Qué ha hecho usted! —le espetó Zoe, cogiendo al genetista por las solapas de la bata—. Por su culpa, voy a tener esta cicatriz para siempre —dijo señalándose una marca en la frente—. ¡Y esta, esta y esta! —añadió, empujando al hombre contra la pared.

—Sí, colega. Nos debe unas cuantas explicaciones —dijo Ozzie—. A mi padre le arrancaron un brazo por su culpa.

—Y los nuestros se convirtieron en zombis —dijo Zack.

—Y yo no tengo la menor idea de dónde está mi familia —dijo Madison, frunciendo el ceño.

—Ni Rice tampoco —agregó Zack, mientras su amigo gruñía y trataba de abalanzarse sobre el científico—. Calma, Rice —le dijo, sosteniéndolo por el cuello de la camiseta.

El profesor Duplessis cayó de rodillas al suelo y empezó a sollozar, antes de romper a llorar desconsoladamente, incapaz de articular palabra.

—¡Domínese, hombre! —exclamó Madison, yendo hacia él y propinándole un bofetón en una mejilla.

—¡Madison! —chilló Ozzie.

—¿Qué pasa? En las películas siempre funciona.

—Gracias —dijo Duplessis, recobrando la compostura y llevándose la mano al rostro dolorido—. Lo necesitaba —admitió, poniéndose de pie y mirando al grupo—. Venid conmigo.

El inventor de la BurguerDog salió del vestíbulo, y los demás lo siguieron hasta el salón, de cuyo techo colgaba una gran jaula para pájaros, como una lámpara de araña.

—Todo empezó después de que consiguiera lo que parecía imposible —dijo, levantando la vista y señalando la parte de arriba de la jaula, donde había un cerdito balanceándose sobre el columpio. Duplessis sacó un pequeño artilugio del bolsillo, se lo puso en la boca e imitó el gruñido de un cerdo. De inmediato, el animal saltó de la barra y aterrizó en el suelo de la jaula con la misma suavidad que una pluma.

—¿Ha creado un cerdo volante? —preguntó Zack.

—Efectivamente —contestó el científico.

—¿Por qué?

—Porque, como suele decirse, «cuando los cerdos vuelen...» —Una sonrisa le cruzó el rostro—. Cualquier cosa es posible. Fue un experimento, y se saldó con éxito.

—Me importa un bledo su estúpido cerdo Dumbo —le espetó Zoe—. ¿Cómo es posible que la carne se convirtiese en hamburguesas zombis?

—Es complicado —admitió Duplessis, suspirando—. Cuando combinamos el ADN del cerdo y la vaca, tuvimos que utilizar parte de una tercera especie para completar la secuencia genética. Nada funcionó, hasta que usamos el ectoplasma de una especie de medusa de las profundidades descubierta hace poco.

—Tío, no entiendo ni jota de lo que dices —repuso Madison, rascándose la cabeza.

«No puedo creer que Rice se esté perdiendo esto», pensó Zack.

Duplessis prosiguió con su explicación.

—El ciclo vital de esta medusa en concreto es ilimitado, debido a sus magníficas propiedades regenerativas. Dicho de otra manera, no puede morir. Al principio, la carne parecía buena, pero luego... —Volvió a suspirar—. El resto es historia.

—Bueno, pues si no hacemos algo —dijo Zack—, no habrá más historia.

—Sí —coincidió Madison—. Todavía no he visto a ningún zombi escribiendo.

Chispitas ladró, como si también estuviera de acuerdo.

—Lo único que yo quería hacer era crear algo tan delicioso que ningún ser humano pudiera resistirse —alegó Duplessis mirando hacia otro lado, atribulado—. La hamburguesa que sabe a perrito caliente.

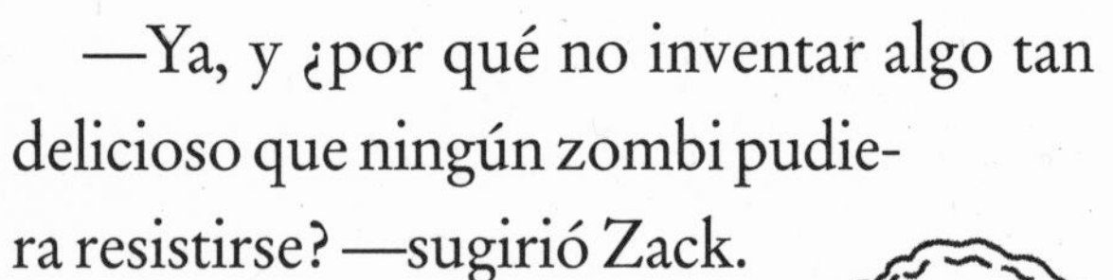

—Ya, y ¿por qué no inventar algo tan delicioso que ningún zombi pudiera resistirse? —sugirió Zack.

—Podría hacerse, con que existiera un modo de revertir la zombificación.

—Lo hay —confirmó Zack—. Y nosotros lo tenemos —dijo, sacando el tubo de ensayo con las últimas gotas de antídoto.

—¿Acaso es lo que pienso? —preguntó Duplessis, y se le iluminó el rostro. Los amigos asintieron—. Seguidme.

Thaddeus Duplessis los condujo por una empinada escalera y a través de un laberinto de pasillos.

—Estamos dentro de la montaña —les informó el científico, orgulloso—. A través de este sistema de túneles, puedo acceder casi a cualquier parte de mi complejo.

—Qué maravilla —dijo Zoe con tono burlón—. ¿Pretende que le demos un premio o algo así?

—¿Siempre es tan simpática? —le preguntó Duplessis a Zack.

—Siempre...

Al cabo de unos minutos, el genetista se detuvo y abrió una gruesa doble puerta de acero, por la cual se accedía a un laboratorio de última generación, equipado con ordenadores potentísimos y brillantes encimeras negras, con fregaderos y válvulas de gas, como las aulas de Química del colegio. Zack arrastró a Rice hasta una gruesa tubería que había contra una pared y ató a su amigo con fuerza. A continuación, se asomó por la ventana que daba al camino de entrada.

Los zombis estaban destrozando el frente de la casa y rompiendo las ventanas.

—A ver si me queda claro —dijo Duplessis, y señaló a Madison—. ¿Ella es la cura?

—Lo era —respondió Zack—. Es decir, todavía lo es...

—Pero tiene que repostar —apuntó Zoe.

—Entiendo —dijo Duplessis, asintiendo, sin dejar de darle vueltas al asunto.

—Lo único que nos queda es este poquitín —dijo Zack, entregándole el tubo de ensayo.

—Tenemos que tratar de clonar el compuesto.

—¿Puede hacerlo? —preguntó Ozzie, apoyándose en las muletas.

—No será fácil, pero en teoría es posible —afirmó Duplessis, pasándose las manos por su cabello de cola de mofeta—. Y luego tendremos que encontrar la manera de distribuirlo a nivel masivo.

—¿Masivo? —dijo Zack.

—¿Qué es lo que a los zombis les gusta más que comer cerebros?

—Nada —respondió Zoe.

—¿Eso crees? Bueno, pues tendrás que darle un poco al coco, ¡je je!

Duplessis se acercó a Rice y escrutó su semblante

de zombi. El chico trataba de arrancarse la correa, y parecía que los ojos fueran a escapársele de las órbitas.

Entonces, el científico se volvió hacia los amigos y dijo:

—Vuelvo enseguida.

—¡Qué tipo más raro! —dijeron Madison y Zoe en cuanto Duplessis salió del laboratorio.

—Pues a mí me cae bien —dijo Ozzie—. O sea, teniendo en cuenta que ha poblado el país de zombis.

—Vamos, chicos —dijo Zack—. Pensemos.

—Vale —comenzó Zoe—. A los muertos vivientes les encanta la carne humana y los cerebros. Sé de lo que hablo, porque cuando me convertí en zombi, esas dos cosas me parecían deliciosas.

—En ese caso —dijo Madison—, sea lo que sea, tiene que tener gusto a carne y sesos.

—No —dijo Ozzie—. Tiene que saber incluso mejor.

—Pero ¿qué le puede gustar más a un zombi que la carne y los cerebros? —inquirió Zack.

—Nada —contestó Zoe, sin ideas.

Rice gruñó.

«Maldita sea —pensó Zack—, ojalá Rice pudiera hablarnos. Él seguro que lo sabe.»

—¿Por qué no cogemos cerebros de verdad y los maceramos en el antídoto? —propuso Zoe.

—¿Dónde quieres que encontremos tal cantidad de cerebros? —preguntó Zack.

—Podemos poner el antídoto prácticamente en todo —señaló Ozzie, pensando en voz alta—. Sea lo que sea, tiene que atraer a los zombis más que nosotros.

—¿Por ejemplo?

—¿Qué tal las palomitas de maíz? —sugirió Madison—. A todo el mundo le gustan.

—Sí —coincidió Zack—. Pero los zombis no comen palomitas, Madison.

—¿Qué quieres que te diga? Ya no se me ocurre nada más. Tengo el cerebro frito.

Se hizo una larga pausa, tras la cual Zack miró a la muchacha con el rabillo del ojo.

—¡Eso es! —exclamó entonces—. ¡Madison, eres un genio!

—Bueno, una es como es... —respondió ella, tirándose su larga melena rubia hacia un lado.

Zack procedió a explicar su hipótesis.

—Has dicho que tienes el cerebro frito —dijo, volviéndose hacia Madison—. ¿Qué te gusta más? ¿Las croquetas de pollo o el pollo asado?

Ella sacudió la cabeza.

—Le estás preguntando a la persona equivocada.

—Tienes razón; me había olvidado —reconoció Zack, mirando entonces a su hermana—. ¿Zoe?

—Las croquetas —respondió ella.

—Ozzie —continuó Zack—, ¿patatas fritas o puré de patatas?

—Patatas fritas. ¿Adónde quieres ir a parar?

—¿No os dais cuenta? ¡Todo sabe mejor cuando está frito! Así que si hacemos que la comida basura de los zombis tenga gusto a sesos fritos...

—Pero ¿a qué demonios sabe el cerebro frito?

—Creo que no acabáis de entenderme, chicos —dijo Zack, impacientándose—. Necesitamos a Duplessis. ¿Dónde se ha metido?

En ese preciso instante, el científico regresó al laboratorio. Lo atravesó en silencio, con ambas manos a la espalda y una expresión solemne en el rostro. Entonces, dijo:

—¿Qué preferís primero? ¿Las buenas noticias o las no tan buenas?

CAPÍTULO

Las buenas primero, porfa —contestó Zoe, mordiéndose las uñas.

—Había suficiente antídoto para clonarlo —dijo Duplessis, esbozando una sonrisa—. Tendremos muchísimo más dentro de nada.

—¡Bingo rebingo! —exclamó Zack.

—¿Y las malas noticias? —preguntó Ozzie, inquieto.

Duplessis sonrió con picardía.

—Lo cierto es que no hay malas noticias. Tan solo me estaba divirtiendo un poco. ¡Je, je! ¿Habéis hecho trabajar vuestros cocos? —preguntó, animado.

Zack sonrió.

—¿Puede hacer algo que sepa a sesos humanos fritos? —preguntó.

—Teóricamente sí, pero necesitaríamos una muestra de cerebro humano para conseguir el mismo sabor. Así que, a menos que uno de vosotros esté dispuesto a donar parte de su tejido cerebral...

—¡Un momento! —dijo Zack, que abrió la mochila de Rice y revolvió dentro en busca de algo. Cuando llegó al fondo, palpó la bolsa de plástico. Sacó los restos con forma de hamburguesa del cere-

bro de la clase de Ciencia del señor Budington, con el que habían alimentado a sus profesores zombis cuando todavía estaban en Phoenix—. ¿Le sirve esto?

Duplessis cogió la muestra de cerebro y salió apresuradamente del laboratorio. Recorrió un largo pasillo hasta la sala donde se probaban las hamburguesas. Entonces, llevó la rebanada de sesos a una mesa de acero inoxidable sobre la que descansaban sendas freidoras enchufadas a la pared. Metió el corte de cerebro en el aceite hirviendo y dejó que se friera durante un minuto. Cuando lo sacó, tenía casi el mismo aspecto que una BurguerDog. El científico lo trasladó hasta una máquina con aspecto de cafetera, lo dejó bajo una lente, accionó un interruptor y un rayo láser escaneó el seso frito una y otra vez.

—Hay que esperar un minuto, hasta que la lectura biosensorial procese el sabor.

—Claro —asintió Zack, fingiendo comprender—. Por supuesto.

Diez minutos más tarde, la muestra del sabor a cerebro frito estuvo lista.

Madison dejó a *Chispitas* sobre la mesa y Duplessis dejó caer un poco del sabor artificial en una placa de Petri. El cachorrillo miró alrededor con nerviosis-

mo y olisqueó aquel líquido espeso y transparente con aroma a cerebro frito.

—Vamos... —lo animó Madison.

Zack esperó ansioso, mientras el perro volvía a oler el contenido del plato y le daba un lametón.

—¿Está bueno, *Chispitas*? —le preguntó Madison.

—¡Guau! —ladró, relamiéndose y meneando la cola.

Al cabo de unos momentos, la nueva remesa de antídoto y el saborizante de cerebro frito estuvieron listos.

—¿Dónde vamos a ponerlo? —preguntó Zack.

—Ya te lo dije, Zack —respondió Madison—. En las palomitas. Si incluso parecen cerebros en miniatura.

—Puede que no sea mala idea —dijo Duplessis, y se le encendió la mirada—. Acompañadme; tengo una idea.

El genetista los llevó a través de las instalaciones hasta otra habitación con aspecto de almacén. Allí había un enorme cilindro metálico del cual salían cuatro conductos de acero inoxidable. Los chicos se pusieron detrás del científico creador de comida basura y aguardaron, mientras Duplessis manejaba los controles. En cuestión de minutos, las palomitas empezaron a saltar dentro de aquel gran recipiente industrial y fueron saliendo por los conductos. Otra máquina les roció encima el antídoto y, por último, las recubrió con el saborizante de cerebro frito.

Mientras la primera partida de cebo para zombis terminaba de prepararse, Duplessis los hizo bajar rápidamente a la sala de envasado, donde ya se estaban cerrando bolsas gigantes de palomitas para zombis.

—Ahora, para estar seguros, tenemos que probarlas en un espécimen vivo —dijo Duplessis.

—¡Pues en Rice! —exclamó Zack, cogiendo una de las bolsas de palomitas y echando a correr de vuelta al laboratorio, donde su desdichado amigo seguía atado a la tubería.

Zoe, Madison, Ozzie, *Chispitas* y Duplessis siguieron a Zack, que se acercó con cautela a Rice, el cual no dejaba de despedir flemas y de rugir. Lo cierto era que tenía una pinta espantosa. Zack tomó un puñado de palomitas deszombificadoras y lo dejó en el suelo formando una apetitosa pila. Una vez que el señuelo con el antídoto estuvo listo, Zack se apartó unos metros y se sentó en el suelo.

—Vale —dijo entonces, cruzando los dedos—. Soltadlo.

Duplessis le quitó el casco a Rice y soltó la correa.

—¡Cereeebrooos! —repitió.

Todos contemplaron con expectación cómo Rice trastabillaba hacia la comida, caía al suelo de rodillas y hundía la cara en la montaña de palomitas con sabor a cerebro frito.

Las devoró como si fuese lo último que fuera a hacer en su vida, masticando con la boca abierta y chupándose sus arrugados dedos de zombi.

—Qué asco —dijo Madison.

Rice miró alrededor con cara de loco, resollando como un animal, y acto seguido se desplomó en el suelo.

Rice! —gritó Zack, agachándose y zarandeando a su buen amigo.

De repente, Rice abrió los ojos y esbozó una débil sonrisa.

—Te pillé —dijo.

—Pues sí —reconoció Zack, riendo y ayudando a su colega del alma a ponerse en pie—. Me has pillado.

—Puaj, Rice —dijo Zoe, tapándose la nariz—. No te ofendas, pero apestas.

—Normal. ¡Era un zombi! —alegó él, sonriendo orgulloso. Las ronchas supurantes que tenía en el rostro empezaron a secarse.

—¡Bienvenido, mi valiente ninja! —lo saludó

Ozzie, haciendo una reverencia—. Siento estropear el momento, pero tenemos que ponernos en marcha.

Con Rice ya recuperado, regresaron a la sala de fabricación de aperitivos y llevaron las bolsas de palomitas al laboratorio.

Zack se asomó por la ventana y vio que una interminable marea de zombis iba entrando en la mansión.

—Por aquí —indicó Duplessis, atravesando el primer piso hasta el balcón que daba al vestíbulo. El ejército de maníacos descontrolados estaba destrozándolo todo, tirando los muebles al suelo y arrancando los cuadros de las paredes. El cerdito volante del científico no dejaba de batir las alas y revolotear por la jaula, desquiciado.

Zack abrió una de las bolsas de palomitas milagrosas y la vació sobre los zombis, que ya empezaban a subir por la grandiosa escalera de caracol.

Sin embargo, los no-muertos no se abalanzaron sobre las palomitas.

—¡Oh, no! —se lamentó Madison—. ¡No funciona!

—Pero sí lo hizo con Rice...

—¡Porque Rice se comería cualquier cosa! —arguyó Zoe.

Rice se encogió de hombros.

—Supongo que tienes razón.

—¡Mirad! —exclamó Duplessis, señalando a los muertos vivientes, que empezaban a fijarse en las palomitas-cebo.

Entonces se lanzaron al suelo y comenzaron a zampárselas con sus asquerosas y rezumantes bocas. A medida que iban comiendo, iban perdiendo el sentido.

Los amigos corrieron escaleras abajo, atravesaron la multitud, que se estaba deszombificando, y llegaron a la entrada de la mansión. Una vez en el porche, se pusieron a abrir bolsas de palomitas y a lanzar el contenido sobre el resto de zombis, hasta que el último de aquellos dementes devoradores de cerebros perdió el sentido.

Los chicos y el científico se quedaron contemplando aquel montón ingente de miembros retorci-

dos y cabezas colgantes, y observaron en silencio cómo los vaqueros, los envasadores de carne y los técnicos de laboratorio volvían a recuperar su condición humana.

Al ver recuperados a sus empleados, el arrepentido genetista no pudo evitar lagrimear. Entonces, miró a Zack y a los demás con una sonrisa dibujada en el rostro.

—Gracias —murmuró—. Muchas gracias...

—De nada —contestó Zack—; pero tiene que prometernos que no volverá a modificar genéticamente ningún animal.

—Lo juro —dijo Duplessis solemnemente, haciendo un gesto con los dedos.

—Y tiene que pedir perdón —exigió Madison.

—Perdón —dijo el científico, cariacontecido.

—A nosotros no, a ellos. —Madison señaló a la

multitud de empleados, que iba poniéndose de pie poco a poco en el camino de entrada, desconcertada.

Duplessis se acercó al borde de la escalinata y levantó la voz.

—¡Os ruego que me perdonéis!

Los trabajadores se frotaban la cara y miraban alrededor con expresión de no entender nada.

—¡Mi pulgar! —gritó uno—. ¡Ha desaparecido!

Duplessis volvió a mirar a los chicos.

—Tendré que darles un tiempo para recuperarse —dijo.

—Ya vuelve usted a estar al mando; no la fastidie —le advirtió Zack, dándole una palmadita en la espalda. A continuación se echó una bolsa de palomitas al hombro y empezó a bajar los escalones del porche—. Vamos, chicos —dijo.

El personal de la fábrica, ya deszombificado, se fue apartando para dejar paso a los cinco héroes y el perrito.

Poco después, con un anaranjado sol crepuscular brillando en el horizonte, la autocaravana avanzó montaña arriba por la estrecha y sinuosa carretera. Zack iba de copiloto y Ozzie conducía, mientras que Rice asomaba la cabeza entre ambos asientos.

—Tenéis que contarme qué sucedió mientras estaba de zombi —pidió.

—Lo haremos, Rice —le aseguró Zack—. No te preocupes.

Detrás de la Winnebago, Zoe iba al volante de un enorme camión de dieciocho ruedas, acompañada por Madison. *Chispitas* descansaba en el regazo de su ama.

Zoe hizo sonar la estridente bocina del tráiler.

Cuando estuvieron de vuelta en la mansión, Duplessis los esperaba con cientos de bolsas de palomitas listas para ser transportadas. Los chicos se apresuraron a cargarlas en el camión.

—¿Por dónde empezaréis? —le preguntó el científico a Zack.

—Por Phoenix, Arizona —contestó, pasándole un pequeño bloc de notas que Rice guardaba en su mochila—. Escriba su número de teléfono; vamos a necesitar muchas más palomitas.

Duplessis lo hizo y luego dijo:

—¿Qué vais a hacer allí?

—Recuperar a nuestras familias.

Capítulo 21

Para cuando llegaron a Phoenix con la ingente carga de palomitas deszombificadoras, las estrellas brillaban en el oscuro cielo nocturno. *Chispitas* asomaba la cabeza por la ventanilla del camión.

—Martes por la noche —murmuró Zack, suspirando.

Hacía justo una semana, aproximadamente a la misma hora, estaba en la cama con la luz apagada, tratando de conciliar el sueño. Zoe estaba en su habitación, haciendo cosas de chica, y mamá y papá estaban en la planta baja, haciendo cosas de papás y mamás. Zack no veía la hora de devolver a sus padres a su estado normal. Le gustaban las cosas normales. Lo normal era bueno.

Ozzie tenía la mirada perdida.

—¿Te encuentras bien, colega? —preguntó Zack.

—¿Qué? —respondió Ozzie, sumido en sus pensamientos—. Estaba pensando que, a pesar de tener las palomitas con el antídoto, no todo volverá a ser como antes.

—¿No? ¿Por qué?

—Fíjate en mi padre. Por más que lo deszombifiquemos, no va a recuperar su brazo.

—Tienes razón —coincidió Zack. La verdad era que no había pensado en eso. Se alegraba de que sus padres estuviesen encerrados en la caja fuerte del banco, con los miembros intactos.

—No te preocupes, Oz —lo tranquilizó Rice desde el asiento trasero—. Una vez que demos con mi padre, le pondrá un brazo nuevo.

—¿Cómo va a hacer eso? —preguntó Ozzie, frunciendo el ceño.

—Es cirujano de prótesis —respondió Rice mientras masticaba algo.

—¿Qué estás comiendo? —preguntó Zack.

—La verdad es que estas cosas no saben nada mal.

—Deja ya de comer eso, tío —lo reprendió Zack.

Justo entonces, la voz de Zoe sonó por la radio.

—Oye, hermanito, parece que ahí delante tenemos compañía.

Ozzie había instalado uno de los walkie-talkies de los guardias de seguridad del Mall of America sobre el salpicadero de la autocaravana, sintonizado en la misma frecuencia que el que llevaban Zoe y Madison en el camión.

Una barricada militar obstruía la carretera interestatal, y Ozzie y Madison se detuvieron. Dos corpulentos soldados salieron a su encuentro haciendo aspavientos con los brazos. Uno de ellos se acercó al tráiler y Zoe sacó la cabeza por la ventanilla. El otro soldado se dirigió a la Winnebago.

—¿Ozzie? —dijo.

A Zack le resultó familiar. De no ser por la barba de dos días, habría tenido el mismo aspecto que...

—¿Sargento Patrick?

—¡Ozzie Briggs! —exclamó el soldado con una sonrisa de oreja a oreja—. El coronel se alegrará mucho de volver a verte.

—Mi padre es un zombi…

—Sí —le confirmó Rice al sargento—. Y suponíamos que usted también.

—Pues no —contestó Patrick—. Después de que

la base fuese clausurada, quedé atrapado en el exterior, rodeado de zombis. El único lugar desde donde puede desbloquearse el cierre de emergencia es la sala de control, y allí estaba ese chaval idiota vestido de futbolista con el que estabais.

—¿No-Greg? —preguntó Rice, que escuchaba con atención.

—Sí, Greg —confirmó el sargento, y prosiguió—: Le pedí a gritos que se agachara para poder romper la ventana de un disparo. Luego le expliqué cómo revertir el protocolo de cierre de emergencia. Lo hizo bien, esa es la verdad, y yo corrí a la unidad médica,

donde se guardaban las muestras de sangre de esa chica, Madalyn.

—Madison —lo corrigió Zack.

—¿Qué ocurrió a continuación? —preguntó Rice.

—Bueno, Greg y yo dezombificamos al soldado Michaels, y desde allí conseguimos llegar al hangar donde el resto de supervivientes se hallaba en cuarentena. Una vez que reunimos a toda la gente que quedaba sana, decidimos ir hacia el norte, a Phoenix, pero en cuanto entramos en la carretera, ese zombi de un solo brazo salió al encuentro de mi jeep.

—¡Mi padre! —exclamó Ozzie, excitado.

—Efectivamente, el coronel Briggs. Así que detuve el vehículo y le administré la última muestra de sangre que me quedaba. De eso hace ya cuatro días.

—¿Se encuentra aquí?

El sargento señaló carretera arriba.

—Coged la primera salida hacia el centro de la ciudad. Hay un centro de mando a pocas manzanas. No tiene pérdida.

—Gracias, señor —dijo Zack, y le alcanzó una bolsa de palomitas para zombis.

—¿Qué es esto? —preguntó, sorprendido—. ¡Me encantan las palomitas!

—Sí, pero estas son especiales para muertos vivientes —sonrió Zack.

Condujeron hasta el centro de Phoenix y se detuvieron frente al hospital del condado, flanqueado de tiendas de campaña de camuflaje. Delante había un campamento militar.

En el interior de una tienda había dispuestas varias mesas con equipos de radio y dispositivos electrónicos portátiles. Apoyado en una de las mesas, un hombre con un solo brazo hablaba por radio, de espaldas.

—¿Qué quiere decir con que vienen todos? Bueno, pues deténganlos, ¡que para eso están ustedes ahí! —El hombre hizo una pausa—. ¿Cómo que son demasiados?

—¡Papá! —gritó Ozzie, y corrió hasta su padre para abrazarlo por la cintura. El coronel se volvió y bajó la vista hacia su hijo, sorprendido por su repentina aparición.

—Volveré a llamar —dijo Briggs. Colgó y levantó a Ozzie con su único brazo—. ¿Qué te ha pasado en la pierna? —preguntó, volviendo a dejar al chico en el suelo.

—Me la rompí. Pero estoy bien.

De repente, un soldado con aspecto sorprendentemente joven se acercó al coronel.

—¡Señor, estamos recibiendo informes de todas partes de la ciudad! ¡Los zombis están regresando, señor!

El coronel Briggs se rascó la cabeza, desconcertado.

—Eso no tiene sentido —dijo.

Zack escrutó al joven soldado y enarcó una ceja.

—¿Greg? —dijo, haciéndole señas a su hermana. Zoe y Madison comprobaron atónitas que, en efecto, se trataba de Greg Bansal-Jones.

—Hola, Greg —lo saludó Madison.

El soldado, impertérrito, miró a los chicos.

—Lo siento, ¿nos conocemos?

—Pues claro, bobo —contestó Zoe—. Si somos compañeros de clase...

—Lo siento, señorita, pero no sé de qué me habla.

—No entiendo —dijo Rice—. ¿Vuelve a ser Greg, o sigue siendo No-Greg?

En cuestión de días, Greg Bansal-Jones había pasado de ser un temible matón de instituto a un repugnante muerto viviente, y de ahí a un tontaina con amnesia que solo respondía al nombre de No-Greg. Seguía amnésico, pero al parecer ahora era un abnegado y obediente soldado.

—No tengo ni idea —contestó Zack—. Estoy tan confundido como tú.

—¿Señor? —dijo Greg al coronel—. ¿Qué hacemos?

—¿Cuánta bebida energética nos queda? —preguntó Briggs.

—No la suficiente, señor.

—¿Munición?

Greg negó con la cabeza.

—¿Qué sucede, papá? —preguntó Ozzie.

El coronel suspiró, desalentado.

—La verdad es que la cosa no pinta bien, hijo.

Justo entonces, Zack cayó en la cuenta de por qué los zombis estaban volviendo.

—El camión —dijo—. ¡Está lleno de palomitas con sabor a cerebro!

El coronel miró a Zack con el ceño fruncido.

—Tendríamos que distribuir las palomitas alrededor de la ciudad —sugirió el chico—, trazar un gran círculo.

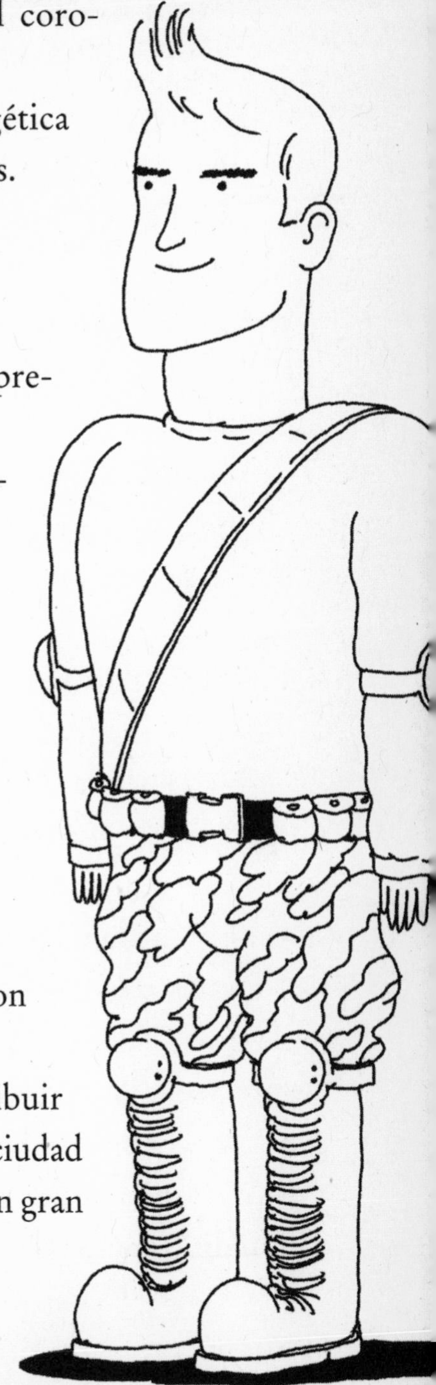

—¡Como un campo de fuerza! —exclamó Rice, excitado.

El padre de Ozzie puso cara de no entender nada.

—Tiene razón, papá —dijo su hijo—. Tenemos un camión cargado de palomitas de maíz con antídoto.

—¿Por qué no lo habéis dicho antes? —repuso Briggs, volviéndose hacia Greg—. Haga que todas las unidades móviles regresen a la base a recoger el cargamento. —Y dirigiéndose a Zack, preguntó—: ¿De cuánta cantidad disponemos?

—De un montón —respondió el chico, sonriente.

En cuanto las unidades móviles se marcharon a repartir el producto deszombificador por el perímetro de la ciudad, Rice rio y miró a Zack.

—¿Qué te parece tan gracioso?

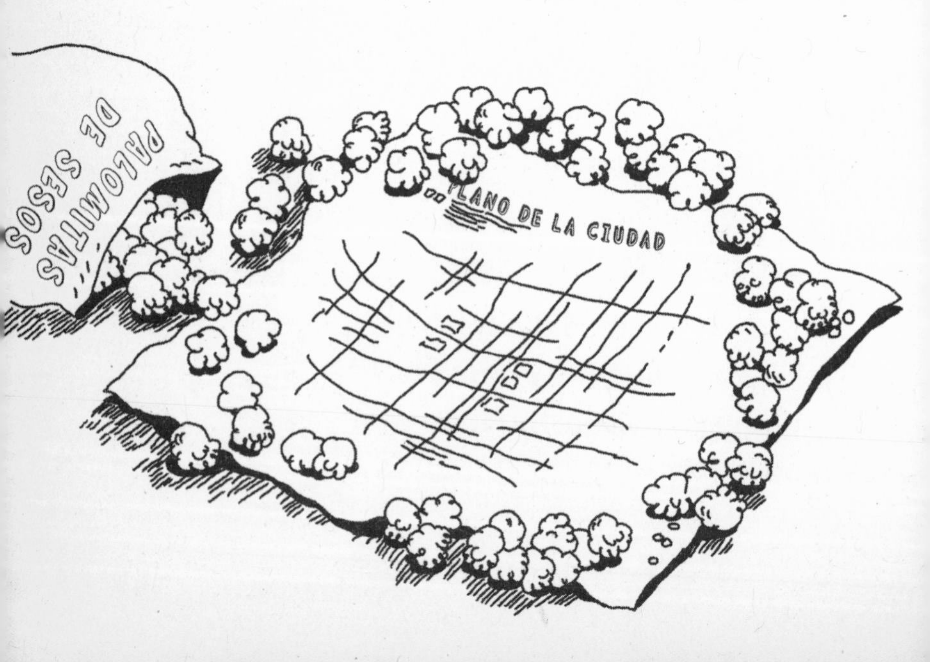

—Operación Siembracerebros —dijo Rice haciendo una mueca.

—Eres tan ingenioso... —le contestó Zack, partiéndose de risa.

En ese mismo instante, un hombre corpulento con gafas y atuendo de médico salió agitado por la puerta principal del hospital.

—¡Coronel Briggs! —llamó—. ¡Tenemos problemas, señor!

—Dígame, doctor —lo instó el coronel.

—Hemos hecho todo lo posible, pero nuestras reservas de bebida energética se han agotado, y los zombis están empezando a despertarse.

—¿Papá? —dijo Rice, emocionado, y corrió hasta su padre para darle un fuerte abrazo.

—¿Johnston? —contestó el doctor Rice, y no pudo evitar verter una lágrima—. Pensaba que ya no volvería a verte.

—¿Cómo está mamá? —preguntó Rice.

—Está dentro.

—Hola, doctor Rice —lo saludó Zack, entregándole una bolsa de palomitas-cebo.

—¡Zack! —exclamó el médico, contento de ver también al mejor amigo de su hijo—. ¿Qué es esto? —preguntó.

—¡Es el antídoto, papá! —le explicó Rice—. Dádselo a los zombis y volverán a convertirse en humanos.

El doctor abrió la bolsa y olió el contenido.

—Huele a sesos —dijo, sorprendido.

—Fue idea de Madison —le contó Rice.

El padre de Rice miró a la muchacha y asintió.

—Perdón, doctor —dijo ella—. Por casualidad no sabrá si mis padres están vivos, ¿verdad?

—¿Cómo se llaman?

—Frank y Julie Miller.

—Frank y Julie Miller —repitió el galeno en voz baja—. Los vimos el pasado viernes por la noche en la reunión de padres y profesores.

—Entonces, ¿están aquí?

—No. Me temo que la última vez que los vimos, tu padre trató de morderle el cráneo a mi esposa —explicó el doctor en tono de disculpa—. Me vi obligado a noquearlo.

El padre de Rice levantó los puños como un boxeador de antaño.

—Vaya —dijo Madison, y bajó la vista apesadumbrada.

—No te preocupes —la tranquilizó Zack—. Una vez que saquemos a mis padres del banco, deszombificaremos a toda la gente que sigue en la escuela.

—Buena idea, hermanito —dijo Zoe—. Vamos.

La chica cogió a Madison del brazo y se la llevó fuera, en busca de más bolsas de palomitas.

—¿Vienes, Rice? —preguntó Zack.

—Ahora no. Quiero ir a saludar a mi madre.

—Vale. Volveremos enseguida.

—Os estaré esperando, tíos.

Los dos amigos chocaron esos cinco y luego Rice le dio un fuerte abrazo.

—Gracias por... bueno, ya sabes... por salvarme la vida, colega.

—¡Siempre que lo necesites, tío! —contestó Zack, dándole una palmadita en la espalda.

En cuanto Zack, Zoe, Madison y *Chispitas* echaron a andar, No-Greg Bansal-Jones se acercó a ellos.

—No sé quiénes sois, chicos —les dijo el amnésico ex matón—, pero de no ser por vosotros, no lo hubiéramos conseguido. Muchas gracias.

Y, dicho esto, se marchó.

—Parece que le has insuflado algo de sentido común, Zack —comentó Madison, sonriendo.

—Supongo que sí —coincidió el chico, pasando junto a Ozzie, que estaba apoyado en una mesa plegable, estudiando un gran mapa de la zona, mientras

el coronel dirigía la operación Siembracerebros por radio.

—¡Hasta luego, Oz! —lo saludó Zoe.

Ozzie levantó la vista del plano.

—¿Adónde vais, chicos? —preguntó.

—A buscar a nuestros padres —respondió Madison—. Volveremos dentro de un rato.

—Genial —dijo Ozzie, poniéndose firme para hacerles un saludo militar.

—Ven aquí —dijo Zack, yendo hasta él y chocando esos cinco.

Madison y Zoe también se acercaron a saludar a su amigo, y la primera le dio un abrazo.

—Procurad que no os muerda ningún zombi —dijo Ozzie, haciendo ademán de abrazar a Zoe.

No obstante, la hermana de Zack se mostró reacia, levantando el puño.

—No soy muy dada a los abrazos —alegó.

Ozzie se echó a reír y chocó su puño contra el de ella.

—Nos vemos —se despidió Zack, regresando con los demás a la autocaravana, mientras *Chispitas* corría junto a ellos.

—¿Estáis listos? —preguntó Zack una vez que estuvieron dentro de la Winnebago.

—A quién se lo preguntas… —contestó Zoe, encendiendo la maltrecha caravana—. ¿Lista, Mad?

—¡Lista!

—¡Guau! —ladró *Chispitas*.

Y, sin más dilación, se alejaron por las calles de Phoenix.

Todo se había solucionado.

O casi...

4
I ♥

AGRADECIMIENTOS

Deseo dar las gracias especialmente a Sara Shandler, Josh Bank, Rachel Abrams, Elise Howard, Katie Schwartz y Lucy Keating, sin cuyos consejos en materia de zombis estos libros no habrían visto la luz.

La historia continúa...

Los zombis toman Manhattan

John Kloepfer - David DeGrand

Seis meses después de que los Cazazombis salvaran al país de los monstruosos devoradores de cerebros, parece que las cosas están volviendo a la normalidad.

Zack y sus amigos han encontrado un hueco entre visita y visita turística a la ciudad de Nueva York para dar una entrevista en televisión. Sin embargo, su viaje se convierte en una pesadilla cuando, misteriosamente, millones de personas vuelven a convertirse en muertos vivientes.

Los Cazazombis están dispuestos a dar guerra una vez más, pero ¿conseguirán escapar de las ahora peligrosas calles de la Gran Manzana y dar con una nueva cura para tan terrible amenaza? ¿O acaso los zombis habrán vuelto para quedarse?

¡¡¡CUARTEL GENERAL BURGERDOG!!!
¡¡¡AQUÍ OCURRIERON COSAS MUY EXTRAÑAS!!!
BD
¿QUÉ ES ESA COSA?
¡¡¡SON MÁS LISTAS DE LO QUE PARECE!!!
NUESTRA QUERIDA CARAVANA
¿QUÉ ES ESTO? ¿PALOMITAS DE MAÍZ?
PHOENIX
"HOGAR DULCE HOGAR"